Robert Tobler

Rechnen ungenügend oder Ave Eva

Zytglogge

Inhalt

I

Florian könnte das Rechenbuch aus dem Fenster schmeissen. Wieder diese doofe Aufgabe Nummer 11, auf Seite 112, im Mathematikbuch für die sechste Klasse:

«Zur Abgrenzung eines Trottoirs sind 456 Randsteine zu 2,4 m Länge nötig. Wie viele Randsteine braucht man, wenn jeder nur 1,9 m lang ist?»

Am Dienstag der vergangenen Woche hätte Florian in einer Rechenprüfung diese verflixte Aufgabe lösen müssen.

Er hatte diese Trottoir-Rechnung auch auf seine Art gelöst. Er schrieb anstelle einer korrekten Ausrechnung und einem sauber unterstrichenen Resultat:

«Es komt darauf an, wie man die Steine verlegt.»

Ein grosses ‹f› und ein noch grösseres Ausrufezeichen am Rand zeigten, dass der Lehrer diese Ansicht nicht teilte.

Und bei einer ähnlichen Aufgabe, in der 72 Arbeiter einen Auftrag in 459 Stunden bewältigen könnten, wäre zu berechnen gewesen, wie lange die Arbeit dauern würde, wenn 4 Männer vor Beginn erkrankten.

Florians Antwort war wieder dick rot angestrichen. Er

war nämlich der Meinung, die restlichen 68 Männer könnten, wenn sie sich ein bisschen anstrengten, den Auftrag in der gleichen Zeit ausführen.
Zu allem Unglück hatten sich bei den andern Prüfungsaufgaben Flüchtigkeitsfehler eingeschlichen, so dass das Ergebnis vernichtend klar ausfiel: Ungenügend!

Lehrer Schertenleib hielt Florian am übernächsten Tag in der 10-Uhr-Pause zurück.
«So kann das nicht weitergehen», sagte er freundlich und bestimmt. «Was soll das heissen: ‹Es komt darauf an›? Übrigens, ‹kommt› schreibt man mit zwei ‹m›.»
Florian schluckte leer und sagte nach einer Weile:
«Ich habe mich an Ihren Rat gehalten, bei schwierigen Aufgaben nicht sofort wild drauflos zu rechnen, sondern zuerst sorgfältig zu überlegen.»
«Das ist schon richtig. Aber du weisst doch, wie diese Rechnungen zu lösen sind. Wir haben schon dutzende besprochen. Je kürzer die Randsteine...?»
«...desto mehr braucht's. Ist mir schon klar. Aber...»
«Was, aber?»
«Es kommt doch darauf an, wie gross die Abstände zwischen den einzelnen Steinen sind.»
Herr Schertenleib wusste nicht, dass Florian eine ganz besondere Beziehung zu den Fugen zwischen den Randsteinen hat. Der Lehrer schaute hilfesuchend über seinen Schüler hinweg an die Wand neben der Tür, wo sich der Rhonegletscher graublau aus dem Genferseegebiet zurückzog. Er schüttelte den Kopf

und entliess Florian mit dem Hinweis, der Übertritt in die Sekundarschule sei nicht möglich, und er werde seinen Eltern berichten.
Sprachlos blickte Florian dem Davoneilenden nach, der vor dem Lehrerzimmer lachend eine Kollegin begrüsste und verschwand.
Der hat es gut; er geniesst seinen Pausenkaffee und ich hocke in der Tinte!

Fünf Tage sind seither vergangen.
Der angekündigte Brief: Das wird ein Donnerwetter geben. Florian weiss zwar aus seiner reichen Erfahrung, dass sich elterliche Gewitter nach ihrer Entladung meistens schnell verziehen.
Aber der Übertritt in die Sekundarschule, davon hängt doch sein Traumberuf ab.
Mit einem Schlag hat sich für ihn die ganze Welt verändert. Sein Bett ist nicht mehr so weich und bequem wie früher. Wenn er am Morgen aufwacht und die Fotos sieht, mit denen er sein Zimmer tapeziert hat... Sein Lebensziel ist nicht nur in die Ferne gerückt, sondern unerreichbar geworden. Am liebsten hätte er noch am gleichen Tag, an dem er die Hiobsbotschaft vernahm, die Bilder und Plakate heruntergerissen.
Sie hängen immer noch an der Wand. Stumm und traurig. Die Jumbo-Jets, die Landepisten, die Cockpits, die Weltkarte mit den Fluglinien.
Florian liegt bäuchlings in seinem Zimmer vor dem geöffneten Rechenbuch. Als ob er nicht schon genug gestraft wäre mit der schlechten Note und der schlim-

men Nachricht; er muss auf morgen zusätzlich zu den anderen Aufgaben die Prüfungsrechnungen verbessern.
Was heisst schon verbessern? Von den sechs Aufgaben hat er fünf nochmals zu lösen, und zwar so, wie es der Lehrer will; genauer gesagt, so wie es im Lösungsbuch steht.
«Je mehr Arbeiter sich mit einem Auftrag beschäftigen, desto...» Das kommt ganz darauf an, geht es durch seinen Kopf. Die vielen Arbeiter stehen sich vielleicht im Weg. Oder sie haben sich etwas Wichtiges zu erzählen.
Daran darf er jetzt nicht denken. Er soll überhaupt nicht zu viel denken. Es ist nun einmal so: je mehr Arbeiter, desto weniger Zeit wird gebraucht.
Es klopft an seine Tür.
«In zehn Minuten essen. Tisch decken!»
«Immer ich», brummt er vor sich hin. Eher schicksalsergeben als protestierend. Er weiss, dass er diese Woche an der Reihe ist. Er schiebt einen gelben Zettel, der auf dem Rechenheft liegt, unter den Buchdeckel und rappelt sich auf, um in die Küche zu gehen. Aus dem Wohnzimmer tönt die Stimme des Sportreporters.
Die Mutter öffnet vorsichtig den Dampfkochtopf.
«Wir brauchen die grossen Teller.»
Florian schielt in die Pfanne.
«Schon wieder Kartoffeln.»
«Du weisst doch, wie gesund die sind, und erst noch billig.»

Laut klappernd stellt Florian die vier Teller auf den Küchentisch und rahmt sie mit dem Besteck ein. Mit besonderer Sorgfalt legt er die kleine Gabel mit der verbogenen Zinke an den Platz der Schwester.
«Das Essen ist fertig!» ruft die Mutter in Richtung Wohnzimmer, und dann etwas leiser: «Immer diese Sportschau. Jeden Abend dasselbe.»
«Die kommt gar nicht jeden Tag», sagt Florian, «nur dreimal in der Woche.»
«Übrigens, der Vater hat den Brief des Lehrers gelesen.»
«Und?»
«Was ‹und›? Du kannst dir vorstellen, was für eine Freude er daran hat.»
Die Mutter verstummt. Vater tritt ein. Er macht ein besorgtes Gesicht. Ohne ein Wort zu sagen, legt er das verhängnisvolle Schriftstück auf den Tisch.
Florian braucht es nicht mehr zu lesen. Er kennt es auswendig:

> Sehr geehrte Herr und Frau Steinmann,
> die Leistungen Ihres Sohnes haben in letzter Zeit stark nachgelassen: Sprache knapp genügend, Rechnen ungenügend. Ein Übertritt in die Sekundarschule scheint mir unter diesen Umständen nicht mehr möglich.
> Da zudem das Betragen von Florian zu wünschen übriglässt, möchte ich Sie bitten, nächstens in der Schule vorbeizukommen oder mich anzurufen.
> Mit freundlichen Grüssen P. Schertenleib

Stumm schiebt Florian den Brief auf die Seite und nimmt einen Löffel von der Quarksauce.
Die Falten in Vaters Gesicht werden noch etwas tiefer.
Stille.
Kommt jetzt eine der bekannten Strafpredigten? Oder erzählt er von seiner schweren Jugend? Jahrelang habe er jeden Tag in aller Herrgottsfrühe Zeitungen austragen müssen. Bei jedem Wetter. Um die Schule hätten sich die Eltern überhaupt nicht gekümmert. Und trotzdem habe er immer gute Noten gemacht. Oder fast immer.
Wie schön das wäre, geht es Florian durch den Kopf, wenn er die Prüfung doch schaffte: Wenn ich mich richtig anstrenge. Und wenn ich in der Schule alles genau so mache, wie es der Lehrer will.
Er weiss, es ist aussichtslos. Und er weiss, dass dies sein Vater auch weiss.
Die drei essen still vor sich hin. Genauer gesagt: in sich hinein. Dampfkartoffeln, Quark mit Kräutern, Käse und Salat.
«Ich muss bald weggehen», gibt die Mutter bekannt. «Wir haben heute abend Frauentreff.»
Normalerweise pflegt Herr Steinmann, wenn die Frauengruppe erwähnt wird, zu sagen: ‹Nimmt mich wunder, was ihr ständig zu beraten habt.› Statt dessen schenkt er sich eine zweite Tasse Tee ein. «Ich muss um halb acht zu einer dringenden Vorstandssitzung des Sportclubs.» Und zu Florian: «Wir reden ein andermal darüber.»
Die Mutter faltet den unheilschwangeren Brief, der in-

zwischen etwas Salatsauce abbekommen hat, und legt ihn auf die Kommode.

«Es gibt nicht viel darüber zu reden», sagt Florian. «Die Sache ist gelaufen.»

«Was gelaufen? Es lässt sich immer etwas machen. Aber wenn du in der Schule nie aufpasst, Flausen im Kopf hast, dann kommt's eben so heraus.»

Florian ahnt, wie es weitergehen wird. Doch bevor der alleswissende Vater mit der Leier Nummer 2 anhebt und eine Zusatzfalte auf seiner Stirn erscheint, geht die Wohnungstür auf.

Bine tritt laut schimpfend ein.

«Die Flötentante spinnt. Die ist übergeschnappt. Nächstes Mal muss ich drei neue Stücke auswendig und fehlerfrei vorspielen.»

«Zunächst einmal: guten Abend», tönt es vom Tisch.

Bine – offiziell heisst sie Sabine – ist die um ein Jahr jüngere Schwester von Florian. Sie setzt sich an ihren Platz.

«Fast drei Seiten auswendig; bei der ist eine Schraube locker!»

Dann verzieht sie das Gesicht: «Was, schon wieder Kartoffeln?»

«Du weisst doch, wie gesund die sind. Und erst noch billig!» giftelt Florian.

«Letztesmal hast du gesagt, die machen dumm und dick», erwidert Sabine.

«Warum muss immer ich mit der kaputten Gabel essen? Hast du wieder mal den Tisch gedeckt?»

Florian schaut schräg von seinem Teller auf: «Wenn's

dir nicht passt, kannst du ja das Besteck selber holen oder mit dem Flötenputzer essen.»
«Jetzt reicht's», mischt sich der Vater ein.
Die gespannte Stille wird nach einer Weile durch die Mutter unterbrochen: «In einer halben Stunde muss ich gehen. Macht die Küche in Ordnung.»
«Ich habe für die Schule viel zu tun», sagt Florian, und Bine fängt nochmals von ihren Flötenstücken an.
«Das liegt wohl noch drin», meint der Vater und fährt mit sorgenvollem Gesicht weiter, «löst eure Hausaufgaben tipptopp! Nicht zu viel Lärm! Und zur Zeit ins Bett!»
Die Tafel wird aufgehoben.
Bine wäscht ab, und Florian soll das Geschirr trocknen. Wie er aber keine Anstalten macht, ein Tuch in die Hand zu nehmen, fragt die Schwester: «Wann fängst du an?»
Florian verzieht sein Gesicht: «Das ist nicht dein Problem. Hast du schon einmal etwas von Wasserverdunstung gehört? Wenn ich die Teller lange genug stehen lasse, trocknen sie von selbst. Ich muss höchstens an ein paar Stellen nachreiben. Das kann ich morgen früh machen. Tschau!» Er verschwindet aus der Küche.
«Du bist ein fieser Bruder!» schreit sie ihm nach.
«Und du ein liebenswürdiges Schwesterchen!»

Frau Steinmann zieht vor dem Spiegel im Schlafzimmer die fünfte Bluse an und will ihren Gatten Herbert fragen, ob diese passe. Aber er hat andere Probleme. Er sucht die Blätter für die wichtige Vorstandssitzung

des Sportclubs und findet zu allem Übel seine Autoschlüssel nicht.
Nach einer aufregenden Viertelstunde macht sich Herr Steinmann mit der Hälfte der schriftlichen Unterlagen zu Fuss auf den Weg.
Die Mutter verabschiedet sich in der Bluse, die sie zum Abendessen trug. Es wird ruhiger im zweiten Stock an der Burgstrasse.
Wenigstens vorübergehend. Florian liegt in seinem Zimmer vor dem Aufgabenheft und dem Rechenbuch. Die Randsteine und die 68 Arbeiter entschwinden seinen Gedanken immer mehr. Dafür kommt sie ihm immer näher. Sie, die ihm gestern vor der Turnhalle so freundlich zugelächelt hat.
Ich hab's mir nicht bloss eingebildet. So hat mich die Eva noch nie angeschaut. Und in der letzten Singstunde, als sie sich zur zweiten Stimme umdrehte... Hat das mir gegolten? Aber der Toni von der ersten Sekundarklasse ist doch ihr Freund. Das weiss das ganze Schulhaus. Kann ich ihr ein Zeichen geben? Ihr sagen, dass ich sie mag. Dass ich sie sehr gut mag. Dass ich sie unheimlich sehr gut mag?
Er nimmt den gelben Zettel unter dem Rechenbuch hervor und will ihr das schreiben. Morgen kann er ihr vor oder nach der Singstunde – die zusammen mit der 6. Klasse aus dem Weidackerschulhaus stattfindet – diese Botschaft zustecken.
Die Sache ist ganz einfach. Und doch kommen ihm hundert Einwände in den Sinn: Wenn ihn jemand beobachtet? Das Gespött in der Klasse. Wenn sie das

Brieflein jemandem zeigt? Soll er es mit der Post schicken? Die Adresse kennt er auswendig. Seit gestern hat er schon fünfmal im Telefonbuch nachgeschlagen. Er könnte sie auch anrufen. Aber was sagen, wenn sie nicht zu Hause ist? Oder gar, was sagen, wenn sie am Apparat wäre?

Es geht ihm wie mit den verflixten Rechenaufgaben: Eigentlich sind sie furchtbar einfach; aber je mehr er darüber nachdenkt, desto komplizierter wird es.

Florian gibt sich einen Ruck und zeichnet eine Blume in die Mitte des Zettels.

Da hört er aus dem Nebenzimmer das durchdringende Blockflötengepfeife seiner Schwester. Es ist das Menuett, das sie schon seit einem Vierteljahr übt, um es am Elterntag der Musikschule vorzuspielen. Es soll von einem Leonardo Vinci sein, der aber mit dem berühmten Maler nichts zu tun hat.

Am liebsten wäre er aufgesprungen und hätte an die Tür gepoltert, er brauche Ruhe, um sich auf die Schularbeit zu konzentrieren. Aber er will für heute keine weitere Auseinandersetzung und stellt den Kassettenrecorder an. Seine Lieblingsmusik. Die Rockgruppe A.R.C.

Es dauert nicht lange, bis die Tür aufgeht und Bine hineinruft:

«Bist du übergeschnappt? Ich kann bei deiner lauten Musik nicht üben. Das bringt mich aus dem Takt!»

«Und ich kann mit deinem Mona-Lisa-Gedudel keine Aufgaben lösen.»

«Du verstehst überhaupt nichts von Musik, sonst wür-

dest du keinen solchen Quatsch wie dieses Gekreische anhören. Übrigens – meine Musik hat mit der Mona Lisa nichts zu tun. Der Mann, der das Stück geschrieben hat, heisst Vinci, und nicht da Vinci.»
«Grossartig, was du bei deiner Flötentante alles lernst.»
«Die ist schon in Ordnung.»
Florian stellt – um das Streitgespräch nicht endlos in die Länge zu ziehen – die Musik etwas leiser, worauf Bine das Zimmer verlässt, dreht aber, sobald Leonardos nervöses Allegro an sein Ohr dringt, wieder voll auf. Seine Gedanken sind ganz bei Eva.
Ob ihr die Gruppe A.R.C. auch gefällt?
Glückselig schwingt er in der rhythmischen Musik, die sich auf seine Zeichnung überträgt. Die Blume wird immer fantastischer. Fast unheimlich. Sie wächst und wuchert über das ganze Blatt. Das Rechenbuch und das Aufgabenheft – obschon sie vor seiner Nase liegen – existieren gar nicht mehr für ihn.
Bis ihn Bine wieder aus seinen Träumen reisst. Sie macht ein anderes Gesicht als vorher: Frau Eberhard von der oberen Wohnung habe im Auftrag ihres Mannes angerufen. Sie würden diesen Lärm nicht mehr ertragen. Es sei wie in einem Irrenhaus.
«Was hast du geantwortet?»
«Ich sagte ihr, ich müsse Flöte üben und du machest Aufgaben. Ihr Mann will der Hausverwaltung einen Brief schreiben. Es sei nicht das erstemal, dass wir ihre Nachtruhe störten.»
«Die mit ihrem mondsüchtigen Köter müssen gar nichts sagen!»

Florian schaut auf die Uhr und erschrickt: «Was, schon bald elf!»
Er stellt seine Musik ganz ab, geht in die Küche und versorgt das mehr oder weniger trocken gewordene Geschirr in den Schrank, löst noch eine Rechenaufgabe und geht ins Bett.

II

«Die Hefte weglegen! Alle mal herhören!»
Florian ist gerade zur Erkenntnis gekommen, es sei am besten, Eva keinen Brief zu schreiben. Er will sie nach der nächsten Singstunde fragen, ob ihr die Musik von A.R.C. auch gefalle.
Oder soll er ihr doch telefonieren? Wann ist sie allein zu Hause?
«Florian, das Heft unter die Bank!»
Herr Schertenleibs Gesicht strahlt verheissungsvoll.
Geht es endlich auf die Schulreise? Oder muss der Lehrer für ein paar Tage zu einem Weiterbildungskurs?
«Wir haben etwas ganz besonderes vor: Der Schulrat und die Lehrerschaft haben einen Beschluss gefasst – es war übrigens meine Idee.» Hier macht Herr Schertenleib eine wirkungsvolle Pause und blickt über die ganze Klasse. «Die grosse Wiese zwischen der Turnhalle und der Pestalozzistrasse bis zur grossen Linde soll in einen Naturgarten verwandelt werden.»
Die Begeisterung der Klasse hält sich in Grenzen.
Ist das alles?
«Ich habe gemeint, der Schertenleib heirate endlich», flüstert Gabi, die hinter Florian sitzt.

Der Lehrer überhört die Zwischenbemerkung und das Gekicher. Er fährt unbeirrt fort: «Ihr seid für diese schöne Aufgabe ausgewählt worden. Stellt euch vor: Ihr dürft euch sozusagen ein Denkmal setzen. Hunderte von Kindern haben in den letzten Jahren unsere Schule besucht, ohne ein sichtbares Zeichen zu hinterlassen.»

Florian verzieht die Mundwinkel. «Wo hat Schertenleib seine Augen? Hat der noch nie am Kiosk neben dem Schulhaus die Spray-Inschrift gelesen ‹Hurra, hurra die Schule brennt›? Und hat er wirklich keine Ahnung von den Kritzeleien in den Schüler-Toiletten? Oder vom Spruch auf der hintersten Bank im Zimmer des Religionslehrers? Schon seit langem ist dort eingeritzt: ‹Was Coca-Cola für die Kehle, ist Pfarrer Meili für die Seele›.»

«Wir fangen übermorgen an. Und bis zu den Frühlingsferien arbeiten wir immer am Dienstag- und Donnerstagnachmittag an diesem Projekt. Stellt euch vor, wie schön das ist, wenn ihr in ein paar Jahren hier vorbeikommt und sagen könnt: Diesen Garten haben wir in der 6. Klasse selber angelegt.»

Florian denkt: «Woher weiss Schertenleib, mit was für Gedanken ich und meine Freunde später an dieser Naturwiese vorbeigehen werden?»

Am Donnerstagnachmittag kommt die ganze Klasse im Arbeitstenü in die Schule. Ein Dutzend Spaten, Stechgabeln und ebenso viele Hacken stehen am Turnhalleneingang bereit. Herr Faustinelli, der Hausabwart, und Herr Schertenleib besprechen ein letztes Mal den geplanten Ablauf. Die Schüler warten gespannt auf die Anweisungen.

Zwei Equipen werden gebildet: Die einen sollen die Blumenrabatten ausräumen, die andern sind die eigentlichen Umstecher.

Florian blickt über die Wiese. Diese Riesenfläche bis zur Linde an der Pestalozzistrasse!

Nach ein paar Erklärungen über den Gebrauch der Geräte kommt der feierliche Moment. Herr Schertenleib macht den ersten Spatenstich, und dann dürfen alle ans Werk.

Jeder Schüler hat einen etwa drei Meter breiten Streifen zu bearbeiten. Mühsam geht es vorwärts. Genauer gesagt: seitwärts, und nach etwa zehn möglichst tiefen Spatenstichen einen Schritt zurück. Und das gleiche beginnt wieder von vorn

Nach einer halben Stunde sagt Claudio zu Florian, der sich Mühe gibt, nicht zu schnell voranzukommen: «Schau mal, die andern! Das ist ja wie in einem Arbeitslager. Erinnerst du dich an den Fernsehfilm ‹Die Gefangenen in Nordafrika›? Die Sträflinge mussten tagtäglich zehn Stunden unter der brütenden Sonne krüppeln. Genau wie wir. Und wenn ...»

«Hopp, vorwärts, ihr Herren!» ruft der Lehrer.

«Wir werden als Gratisarbeitskräfte missbraucht», sagt Claudio etwas leiser.

Und Florian: «Mit einer Maschine wäre die ganze Fläche in drei Stunden umgepflügt, und wir haben mindestens eine Woche.»

Fünf Minuten bevor die Schulglocke schellt, kommt das erlösende Wort: «Aufhören! Geräte abgeben! Und vergesst die Aufgaben für morgen nicht!»

Auf dem Heimweg tönt der Protest lauter: «Warum müssen ausgerechnet wir dieses Feld umgraben?» sagt Claudio. «Auf dieses Denkmal können wir verzichten.»
«Überhaupt, wenn der Schulrat und die Lehrer einen Naturgarten wollen, sollen die ihn selber machen», schimpft Florian. «Wir haben diese doofe Wiese mit den langweiligen Rabatten nicht angelegt.»
«Was macht der Faustinelli, wenn er im Sommer nicht mehr jede Woche zweimal mit dem Düsenbomber von Rasenmäher ums Schulhaus fahren kann?»
Hans-Martin, der sonst eher zu den Stillen in der Klasse gehört, findet ebenfalls, Kinderarbeit sei verboten. «Das steht doch in irgendeinem Gesetz.»
«Natürlich, das verstösst gegen die Menschenrechte.»
«Also klagen wir den Schulrat und die Lehrerschaft wegen Menschenrechtsverletzung an», schlägt Claudio vor.
Florian hat Bedenken. «Ich weiss nicht, ob wir da durchkommen. Wir gehen doch in die Schule, um etwas zu tun.»
«Ja, aber es besteht ein Unterschied zwischen Rechnen und Pickeln oder Schaufeln.»
«Immer nur hinter den Schultischen hocken und Schreiben und Lesen, das ist auf die Dauer auch langweilig.»
Hans-Martin doppelt nach: «Hat nicht der Scherten-

leib von Pestalozzi erzählt, der wollte bei den Kindern den Kopf und die Hand und noch etwas ausbilden.»
«Sicher die Armmuskulatur», lästert Claudio.
«Das spielt jetzt keine Rolle. Die Schulräte können auf jeden Fall sagen, die ganze Sache sei erzieherisch wertvoll und erst noch gesund.»
«Ja, vor allem für meinen Rücken.»
«Und meine Hände.» Florian zeigt seine Schwielen.
«Ich hab's!» ruft Claudio. «Wir machen am nächsten Dienstag eine Protestaktion. Einen Streik. Wie die Eisenbahner in Italien, wenn sie sich wehren müssen. Dazu haben auch wir das Recht: Im Stundenplan steht von zwei bis vier Uhr Zeichnen. Damit hat unsere Schufterei nichts zu tun. Sagt nicht die Gabi immer wieder: Wer sich nicht wehrt, lebt verkehrt?»
Nach gewissen Bedenken sind Florian und Hans-Martin von der Idee hingerissen.
Die drei Verschwörer beschliessen, bis Ende der Woche noch einige vertrauenswürdige Klassenkameraden in das Geheimnis einzuweihen, und am Montag sollen die übrigen informiert und zum Mitmachen eingeladen werden.
«Wir brauchen noch ein Losungswort», meint Claudio. «Ein Erkennungszeichen, das nur wir verstehen. Zum Beispiel P-S. Das heisst Protest-Streik.»
Hans-Martin lacht: «Das tönt zu sehr nach Autoreklame.»
«Nein!» ruft Florian und hält den Zeigefinger vor den Mund:
«Pst! Das ist ein gutes Code-Wort.»

Lachend verabschieden sich die Geheimnisträger mit einem dreistimmigen ‹Pst›.

Florian erzählt am nächsten Morgen Gabi, die hinter ihm sitzt, und Ibrahim, seinem Nachbarn zur Linken, von der geplanten Aktion. Beide sind begeistert. Endlich läuft einmal etwas in der Schule!

Beim Mittagessen am Freitag schnappt sich Bine das grössere Fleischstück. Florian mag gar nicht protestieren. Der geplante Schülerstreik – so gut er ihn findet – liegt ihm auf dem Magen. Immer wieder kommt ihm die Briefstelle in den Sinn: «Da das Betragen Ihres Sohnes sehr zu wünschen übrig lässt ...»
Noch ein Telefongespräch zwischen seinem Vater und dem Lehrer würde er nicht mehr verkraften. Der Vater läuft seither mit einer Dauerstirnfalte herum.
Florians Prüfungsaussichten stehen schlecht. Alles sieht für ihn dunkel aus: seine Berufspläne, seine Beziehung zu Eva.
Soll er sich bei ihr bemerkbar machen? Wenn ja, wie? Oder soll er nicht?
Beim Schülerstreik möchte er seine Kameraden nicht im Stich lassen; aber kann er es sich leisten, als Rädelsführer aufzutreten?
Das trübe Wetter am Wochenende drückt zusätzlich auf seine Stimmung.

Claudio, der am Montagmorgen Florians Unsicherheit spürt, empfängt ihn mit Vorwürfen: «Du willst doch

nicht etwa schlappmachen? Wer sich nicht wehrt, auf dem wird herumgetrampelt.»
Florian weiss nicht mehr ein und aus.
Gabi zitiert begeistert, was sie dem Schertenleib sagen will: «Wir lassen uns nicht ungefragt so etwas aufzwingen. Man muss zuerst mit den Schülern reden, bevor so etwas oktroyiert wird.»
Was das heisse, wird gefragt. Ihr älterer Bruder, der ständig Zeitung lese, brauche dieses Wort oft. Er habe gesagt, der Schertenleib oktroyiere ihnen diesen Naturgarten. Das sei reine Unterdrückung. Und sie fährt fort: «Demokratie fängt in der Schule an. Wir sind schliesslich keine kleinen Kinder mehr.»
Die Umstehenden nicken voller Bewunderung.
Claudio will bis morgen ein Spruchband malen: ‹Naturgarten JA – aber nicht auf unsere Kosten›.
«Das tönt zu brav», sagt Ibrahim.
«‹Abschaffung der Kinderarbeit›. Oder: ‹Wir sind keine Arbeitssklaven!›. Das passt besser», schlägt Gabi vor.

Die ganze Klasse fiebert auf den morgigen Tag. Florian wird es immer unwohler. Vollends, als am Nachmittag Eva nicht in der Singstunde erscheint.
Auch das noch! Ist sie krank? Oder gar fortgezogen?
Nach der Lektion gibt der Musiklehrer bekannt, dass die Schüler von Herrn Schertenleib morgen, Dienstag, das Zeichenmaterial mitnehmen sollen. Die Naturgartenaktion müsse wegen des schlechten Wetters verschoben werden.

Es dauert eine ganze Weile, bis Florian merkt, was das heisst. Der Himmel hat es mit ihm noch einmal gut gemeint. Sein grosses Problem ist zwar nicht gelöst, aber wenigstens hinausgeschoben.
Er muss eine Lösung finden, vor dem nächsten Donnerstag.
Gibt es überhaupt eine Möglichkeit, die ungeliebte Umgrabaktion, und damit den Streik – der sicher noch grössere Probleme bringen wird – zu verhindern?
Umgraben ...?
Der Gedanke lässt ihn nicht mehr los. Sogar die Sorgen um Eva werden zurückgedrängt. Und Bines Flötenmusik nimmt er gar nicht zur Kenntnis.
Umgraben!
Gibt es nicht Leute, die beruflich ganze Felder umgraben? Umgraben müssen? Umgraben wollen?
Er sah doch – es war in den Sommerferien vor zwei Jahren – eine Arbeitsgruppe mit Hacken und Schaufeln, mitten in der Stadt. Die suchten Tonscherben, Münzen und anderes kostbares Zeug der alten Römer.
Wenn die Pestalozziwiese auch eine archäologische Fundstätte wäre! Wenn Claudio, Hans-Martin und er eine goldene Schale fänden oder sonst einen Schatz entdeckten.
Florian schüttelt den Kopf. Er weiss, dass das Wunschträume und Hirngespinste sind. Eine Schulhauswiese enthält normalerweise keine Kostbarkeiten. Es sei denn ...
Mit einem Ruck steht Florian auf und geht in seinem Zimmer hin und her. Was nicht ist, kann doch werden!

Er lacht vor sich hin. «Das will ich Claudio erzählen.»
Weil der Vater heute keine Vorstandssitzung hat, die Mutter nicht zu ihren Frauen muss und zudem Bine völlig unberechenbar in der Wohnung herumschleicht, kann er seinem Freund nicht telefonieren.
«Ich muss Claudio das Geometriebuch bringen», ruft er in die Stube und verschwindet.
Florian ist von seiner Idee so begeistert, dass er auf der Strasse fast vom Boden abhebt. Das ist die Lösung: Wir müssen die Schulhauswiese in ein Ausgrabungsfeld verwandeln!
Claudio staunt, wie er Florian mit dem Geometriebuch vor der Tür sieht.
«Pst!» sagt Florian zur Begrüssung. Claudio heisst ihn eintreten, weil er sofort merkt, dass es um ganz andere als geometrische Probleme geht.
Claudio wird zunächst nicht klug aus den genialen Plänen Florians.
«Bist du enttäuscht, dass wir dein Spruchband nicht brauchen?» fragt Florian.
«Nein. Ich hätte zwar gerne eines bemalt. Aber ich hatte Pech. Meine Mutter konnte angeblich kein einziges Leintuch erübrigen.»
«Verstehst du nicht», fährt Florian fort, «wir brauchen dein Leintuch und den ganzen Streik nicht. Wir finden übermorgen beim Graben einen Knochen oder eine Münze. Ganz zufällig. Der Schertenleib wird sofort dem Landesmuseum telefonieren, die schicken ein paar Leute vorbei, als Hilfe beim Umgraben; oder – was noch wahrscheinlicher ist – die wollen das ganze

Feld selber bearbeiten, um noch weitere Funde zu machen.»
«Aber in dieser Wiese gibt's doch gar nichts Kostbares zu entdecken. Da hat's nur Dreck und Steine.»
«Deshalb müssen wir einen Schatz verstecken. Oder wenigstens einen Teil davon. Sozusagen als Köder. Wenn zum Beispiel nur eine Münze gefunden würde, könnte man annehmen, es hätte noch mehr.»
«Glaubst du, das funktioniert?»
«Warum nicht? Es braucht nur Köpfchen, ein altes Geldstück und ein bisschen Glück.»
Claudio denkt nach und schmunzelt: «Das erste hast du. Das zweite habe ich, und Glück braucht man sowieso im Leben.»
Er geht zum Kleiderschrank und nimmt aus einer alten Cake-Dose eine Münze heraus, etwa so gross wie ein Fünffrankenstück, und hält sie Florian vor die Augen. Dieser kann neben einer Palme eine Gestalt erkennen und am Rand die Buchstaben I-V-D-A-E-A-C-A-P.
Claudio dreht das Geldstück. Um einen Männerkopf herum stehen wieder viele Grossbuchstaben. Florian versucht, sie zu entziffern. Plötzlich lacht er: «Da steht sogar, welches Fahrzeug dieser Mann benutzt hat: VESPA!»
Claudio ist beleidigt. «Kannst du nicht lesen? CAES, das heist Kaiser, und VESPASIAN ist sein Name. Ich habe diese Münze von meiner Nonna, der Grossmutter in Neapel, bekommen. Sie sagte, dieses Stück sei echt. Ihr Bruder bezweifelte dies.»
Florian ist begeistert. «Das spielt jetzt keine Rolle. Es

sieht auf jeden Fall echt aus. Prima! Diese Münze muss beim Umgraben gefunden werden. Das gibt eine Sensation!»
Claudio ist noch unsicher. «Aber das Geldstück gehört mir. Ich will es nicht weggeben.»
«Was heisst hier weggeben? Entweder ist es echt – dann gehört es ins Landesmuseum. Du wirst als Finder entschädigt und kommst mit Foto in die Zeitung. Oder die Münze ist unecht – dann darfst du sie behalten. Aber auch in diesem Fall erfüllt sie den Zweck: Unsere Arbeiten werden unterbrochen, bis die Sache abgeklärt ist. Nachher haben wir Frühlingsferien. Ein kleines Opfer musst du bringen. Die Hauptsache: Wir setzen ein anderes Denkmal, als es der Schertenleib geplant hat.»
Claudio lässt sich überzeugen. Florian ist in Gedanken schon weiter: «Um ganz sicherzugehen, sollten wir noch etwas anderes finden: eine Spange aus Gold, die Spitze eines Speers ...»
«Jetzt reicht's. Man kann alles übertreiben.»
«Früher wurden den Toten bei der Beerdigung Esswaren und Schmuck mitgegeben.»
Claudio lacht: «Du willst doch nicht etwa Risotto oder Knäckebrot vergraben.»
«Nein! Aber wenn wir noch ein paar Knochen auftreiben könnten! Das würde das Ganze noch interessanter machen. Noch spannender. Noch sicherer. Die Schulhauswiese als römischer oder mittelalterlicher Friedhof.»
«Du spinnst.»

«Wenn hier jemand spinnt, dann sind es die Lehrer und die Schulräte, die uns eine solche Arbeit zumuten.»
«Da hast du natürlich recht. Also: wir brauchen ein Skelett. Stell dir den Schertenleib vor, wenn wir ein Totengerippe ausgraben!»
«Jetzt übertreibst du, Claudio. Schon ein, zwei Knochenstücke genügen.»
«Im Oberstufenschulhaus, im Naturkundezimmer, hängt ein Skelett. Das sollten wir haben.»
«Dieses Knochengestell ist sicher nicht echt. Und die einzelnen Teile sind mit Schrauben und Draht miteinander verbunden. So findet man normalerweise keine Beerdigten.»
Die beiden lachen laut. Sie sind sich einig, dass das Knochenproblem heute abend nicht gelöst werden kann. Aber am kommenden Donnerstag soll anstelle der geplanten Streikaktion der sensationelle Münzenfund stattfinden. Und je nach dem Ergebnis könnte immer noch ein Streik organisiert oder, wenn nötig, die Pestalozziwiese in einen ehemaligen Friedhof verwandelt werden! Sie wollen Gabi und Hans-Martin als einzige vorläufig ins Geheimnis einweihen.
Florian geht zufrieden nach Hause.

Der Donnerstagnachmittag beginnt wie gewohnt: Der Abwart und der Lehrer teilen die Gartengeräte aus. Wieder kurze Instruktionen. Die Schüler begeben sich auf das Arbeitsfeld. Die beiden Männer schauen fachmännisch interessiert zu und beginnen ein angeregtes

Gespräch über die Aufstiegschancen des FC Grün-Weiss.
«Arbeiten ist schön, ich könnte stundenlang zusehn», sagt Gabi nach einer Weile laut zu ihren Kameraden und dreht den Kopf in Richtung Schertenleib und Faustinelli.
«Du musst mehr mit den Händen arbeiten und weniger mit dem Mund», ruft der Lehrer.
«Was machen denn die zwei dort?» motzt sie vor sich hin.
Kurz vor drei Uhr ist es soweit: Claudio bückt sich. «Wau! Was ist denn das?!» Er hält die mit Erde verschmutzte Münze in der Hand. Ibrahim, der ein paar Meter neben ihm arbeitet, kommt neugierig näher und betrachtet den Fund: «Die ist sicher sehr alt.»
Andere werden aufmerksam, legen die Geräte weg und wollen erfahren, was die beiden haben.
Nur Gabi und Hans-Martin sind ausserordentlich eifrig an ihrer Arbeit.
Weil es auffallen könnte, wenn sie als einzige überhaupt nicht reagierten, kommen auch sie zur Volksversammlung. Schon die halbe Klasse hat sich um Claudio geschart.
«Ist das ein Goldstück?» fragt Irma.
«Mein Vater hat auch eine alte Münze von 1872», sagt Daniel.
«Die hier, die muss doch viel älter sein», erklärt Ibrahim, «schau die Buchstaben an!»
«Stammt sie von den Höhlenmenschen?»
«Sogar ich weiss, dass hier keine Höhlenmenschen

lebten. Zudem brauchten sie noch kein Geld. Und wenn schon, dann hätten sie es sicher in einem Safe aufbewahrt.»

In der Zwischenzeit ist auch Herr Schertenleib nähergekommen. Er macht einen grossen Umweg, damit er mit seinen feinen neuen Halbschuhen nicht über die Erdschollen gehen muss.

«Was ist hier los?» fragt er wie so oft und bahnt sich einen Weg zu Claudio.

Florian freut sich, wie schnell Schertenleib in die Falle getappt ist, und denkt, der wäre ja kein rechter Lehrer, wenn er seine Nase nicht in alles hineinstecken würde.

«Zeig mal!» Herr Schertenleib betrachtet das Geldstück, wägt es in der Hand und dreht es mehrmals hin und her.

«Woher habt ihr das?»

«Claudio hat es hier in der Erde gefunden», sagt Irma. Stolz, weil sie einmal mehr weiss als ihr Lehrer.

«Ist es wertvoll?» will Gabi wissen.

«Ich glaube schon. Sehr wahrscheinlich handelt es sich um eine römische Münze. Wirklich erstaunlich. Claudio, markier die Fundstelle mit einem Stecken. Man kann nie wissen. Vielleicht findet ihr noch mehr. Achtet beim Umgraben genau auf alles, was hervorkommt. Zerschlagt die Erdklumpen in kleine Stücke. Wer etwas Besonderes entdeckt, soll es sofort melden.»

Die Schüler machen sich wieder ans Werk, die meisten sorgfältiger, zumindest betont langsamer als zuvor.

Claudio zuckt mit den Schultern und schaut Herrn Schertenleib ratlos nach, der mit der Münze im Schulhaus verschwindet.
Florian verzieht die Mundwinkel: Jetzt malt sich der Lehrer im Hinterkopf sicher schon aus, was das für ein Ereignis wäre, wenn die Klasse, dank seiner Naturgarten-Idee, eine römische Fundstätte entdeckt hätte.
«He, nicht so eifrig!» schreit Gabi über die Wiese. «Passt auf, dass ihr keine Goldmünzen überseht!»
«Haben die Helvetier, als sie nach Bibrakte zogen, dieses Elektrokabel hier verloren?»
«Warum hat Orgetorix sein Kaugummipapier einfach weggeworfen?»
«Stammt diese Keramikscherbe von Gajus Julius Cäsars WC-Einrichtung?»
Die zweite Gartenstunde verfliegt im Nu. Als um zehn vor vier der Lehrer wieder erscheint und zum Abbrechen ruft, sind die meisten Schüler traurig.
Florian hat diesmal keine Schwielen.
«Ich habe ins Landesmuseum telefoniert», sagt Herr Schertenleib zum Abschied. «Der Konservator will den Fund so schnell wie möglich sehen.»

Am Samstag erzählt der Lehrer stolz, was er vom Fachmann erfahren hat: «Es handelt sich um eine römische Sesterz aus Messing; geprägt ums Jahr 70 n. Chr. zur Zeit des Kaisers Vespasian. Die Münze sei mit grosser Wahrscheinlichkeit echt.»
«Meine Nonna hat doch recht gehabt», flüstert Claudio.

«Der Konservator gibt anfangs nächster Woche genaueren Bericht.»
«Ich sehe schwarz», sagt Claudio auf dem Heimweg. «Ich besitze mein Geldstück nicht mehr, und die Graberei wird weitergehen.»
«Dummes Zeug», widerspricht Florian, «wenn's schief läuft, bleibt immer noch die Knochen-Aktion. Ich habe mir dazu schon Gedanken gemacht: Doktor Waser hat in seiner Praxis eine ganze Knochensammlung. Als ich das letztemal bei ihm war, habe ich sie genau angeschaut: Auf einem Tablar des Büchergestells liegen neben einem Totenschädel grössere und kleinere Knochen; man könnte damit fast einen ganzen Menschen zusammenbasteln. Übrigens: Eine Schwester von Gabi arbeitet bei ihm als Arztgehilfin. Sie würde sicher mithelfen, dass er uns ein Stück oder zwei ausleiht. Er ist ein unkomplizierter Arzt, mit dem man gut reden kann. Wir sagen ihm einfach, es sei für die Schule. Und das ist nicht einmal gelogen.»

Über das Wochenende fühlt sich Florian gar nicht wohl. Die Übertrittsprüfung liegt ihm auf dem Magen. In der dritten Woche nach den Frühlingsferien ist es soweit.
Was ist mit Eva los? Diese Frage drückt auf seine Seele. Hoffentlich kommt die Angebetete morgen in die Singstunde.
Und die archäologische Naturgarten-Aktion beschäftigt ihn mehr, als er nach aussen zugibt. Wie geht es weiter? Lauter Fragezeichen.

Schon bevor die Musikstunde beginnt, schaut Florian unauffällig-auffällig zur ersten Stimme.
Keine Eva!
Während die Schüler mehr oder weniger aufmerksam Bob Dylans ‹Blowin In The Wind› anhören, geht zweimal die Tür auf.
«Jetzt kommt sie», denkt Florian jedesmal.
Einmal ist es der verspätete Ibrahim, der verlegen grinsend einen Platz sucht, und das zweitemal bittet Herr Faustinelli den Musiklehrer, sein Auto sofort umzuparken, weil es dem Abfuhrwagen die Zufahrt versperre.
Der berühmte Song geht bald im Gelächter der beiden Klassen unter.
Florian brütet vor sich hin.
«Hast du Liebeskummer?» fragt Claudio unvermittelt.
Florian gibt keine Antwort. Für den Rest der Stunde können ihm alle Rock- und Protestsänger und auch seine Kameraden gestohlen bleiben.
Wo ist Eva?
Wo ist sie?
«Noch eine Mitteilung für die Klasse Schertenleib: Morgen nachmittag wieder das Zeichenmaterial mitnehmen.»
Ein vielstimmiges «Warum?» und «Schade!» geht im Lärm des Stundenschlusses unter.

Am nächsten Morgen hat Herr Schertenleib etwas Wichtiges zu melden. Wie gewohnt macht er es spannend. Nur häppchenweise vernehmen die Schüler den neusten Stand der Dinge.

Zunächst holt er zu einer umfassenden Darstellung des römischen Geldwesens aus und legt eine Folie auf den Hellraumprojektor:

1 Aureus (Gold)	=	25 Denare
1 Denar (Silber)	=	4 Sesterze
1 Sesterz (Messing)	=	4 Dupondien
1 Dupondius (Messing)	=	2 Asse
1 As (Kupfer)	=	4 Quadranten

Das Wort ‹Sesterz› wird grün unterstrichen, und dann dürfen die Schüler Umrechnungen üben: 1 Aureus sind wie viele Sesterze? Wie viele Dupondien muss ein Römer auf den Tisch legen, um einen Denar zu bekommen?

Gabi ruft plötzlich ungeduldig: «Welchen Wert hat unsere Münze?»

«Eine gute Frage.»

Diese lobende Bemerkung ist bei Lehrer Schertenleib ein untrügliches Zeichen dafür, dass er keine Antwort weiss. Diese Taktik will Florian sich auch zu eigen machen und bei der nächsten sich bietenden Gelegenheit anwenden. Zum Beispiel wenn ihn der Lehrer in der Mathe-Stunde unerwartet vor ein vertracktes Problem stellt, wird er zum Zeitschinden sagen: ‹Das ist eine gute Frage›.

Nachdem Herr Schertenleib in verschiedenen Blättern gegrapscht hat, erklärt er stolz: «25 Datteln kosteten 4 Denare. Rechnet.»

Aber dann verfinstert sich sein Gesicht. «Nein, diese Preisangabe gilt erst 200 Jahre später. Also, rechnet nicht!»

Die meisten Schüler möchten lieber wissen, wie es mit dem Umgraben der Wiese weitergeht.
Eine halbe Stunde später – nach längeren Ausführungen über den Kaiser Flavius Vespasianus, der die aufständischen Juden in Galiläa bekämpfte – kommt er endlich auf den entscheidenden Punkt: «Der Oberarchäologe, der für alle Ausgrabungen in unserer Gegend zuständig ist, nimmt für zwei Wochen an einem wissenschaftlichen Kongress in Italien teil. Sein Stellvertreter hat entschieden: In den nächsten Tagen wird eine Gruppe von Studenten auf der Pestalozziwiese mit Probegrabungen beginnen.»
Diese Nachricht schlägt wie eine Bombe ein. Grosses Hallo im Klassenzimmer.
«Pst, seid doch still!» ruft Gabi.
«Es soll sich hier möglicherweise um ein interessantes neues Fundgebiet handeln, weil beim Bau des Schulhauses seinerzeit zwischen der Linde und der Turnhalle ein Hügel abgetragen worden sei.»
Gabi, Florian und Claudio nehmen die Botschaft ohne Wimpernzucken zur Kenntnis.
Nach der Schule allerdings feiern sie ihren Erfolg mit einer grossen Tafel Schokolade, die sie lachend miteinander teilen.
«Was wir den alten Römern verdanken! Vor allem dem vespafahrenden Kaiser! Ave Caesar!»
Dieser römische Huldingungsruf wird von diesem Tag an zum Grusswort der drei Freunde: Ave Florian! Ave Claudio! Und weil ‹Ave Gabi› so gar nicht antik tönt, sagen sie ‹Ave Gabriela!›.

Am Freitagmorgen fahren zwei Kastenwagen vor. Arbeiter laden Geräte aus. Sie spannen Schnüre über die Wiese und beginnen zu pickeln und zu schaufeln. In den Pausen gehört es zum Vergnügen der Schüler, den fleissigen Männern zuzuschauen, wie sie einen Graben quer durch die Wiese ausheben.
Nach fünf Arbeitstagen machen die Archäologen und die Zuschauer eine sensationelle Entdeckung. Florian traut seinen Augen nicht. In etwa anderthalb Meter Tiefe liegen Knochen. Nicht nur einzelne. Dutzende. Immer mehr werden freigelegt. Die Archäologen entdecken ein ganzes Gräberfeld!
Am Fuss des ehemaligen Hügels befand sich im Mittelalter ein Friedhof, der bis jetzt an einer andern Stelle vermutet worden ist.
Der Schulratspräsident kommt persönlich vorbei. Er dankt Herrn Schertenleib für die grossartige Idee, einen Naturgarten anzulegen; er dankt den Schülern, die sich so fleissig und mit Begeisterung an die Arbeit gemacht hätten; er dankt ganz besonders dem Finder der Münze, denn ohne Claudio wäre das Gräberfeld nicht entdeckt worden. Da zeige sich wieder einmal, wie das wache Auge eines Schülers sogar der Geschichtsforschung nützen könne. «Ich werde mich beim Ausgrabungsleiter dafür einsetzen, dass Claudio die Münze zur bleibenden Erinnerung geschenkt bekommt.»
«Wie gut, dass die alten Römer hier eine Sesterz liegen liessen», sagt Florian. «Ave Claudio.»
Der Geehrte lacht zurück: «Ave Florian.»

III

‹Mit 48 Webstühlen kann ein Auftrag in 95 Stunden erledigt werden. Wie lange braucht man, um die gleiche Arbeit zu leisten, wenn 10 Maschinen weniger in Betrieb gesetzt werden?›
Florian hat wieder einmal das Rechenbuch vor sich. Es ist ihm klar, was Herr Schertenleib und der Schulbuchautor wollen. Je mehr Webmaschinen laufen, desto schneller ist der Auftrag erledigt. Aber...
Hilfesuchend schaut Florian aus seiner Bauchlage am Boden zur Weltkarte über seinem Bett. Wenn er mit Eva nach Australien oder nach Südamerika fliegen könnte!
Bis 38 Webstühle bespannt und betriebsbereit sind, bis jemand bei allen Maschinen auf den Knopf drückt, 48 oder 38mal und erst noch jedesmal schaut, ob der Faden nicht reisst...
Oder steht vor jedem Apparat ein Arbeiter und wartet auf den Startbefehl des Chefs: Auf die Plätze, fertig, los!?
Herr Schertenleibs Ausspruch kommt ihm in den Sinn: ‹Als Sechstklässler lernt man nicht für die Schule und nicht für den Lehrer, sondern für das Leben.›

Was hat diese Aufgabe mit seinem Leben zu tun? Florian hofft, dass alles anders kommt, als sich die Schulbücher und Herrn Schertenleib ausdenken.
Aber zuviel denken soll Florian nicht. Er muss seine Aufgabe lösen.
Mit 2 Webstühlen dauert es 24mal länger. Und mit 38 Maschinen 19mal weniger lang. Das heisst: mal 24, dividiert durch 19. Das gibt 120.
«Man braucht ungefähr 120 Stunden», schreibt er ins Rechenheft.
Fertig für heute. Ave Schertenleib!
Und Eva? Er muss wissen, was ihr fehlt. Wenn sie wieder nicht erscheinen würde, könnte er nach der Singstunde einen ihrer Klassenkameraden fragen.
Aber bis zum Montag? So lange kann er nicht mehr warten.

Während des Abendessens reift Florians Entschluss. Der Vater gibt bekannt, er müsse an eine Vorstandssitzung des Sportclubs. Bine fragt, was das eigentlich für eine sportliche Disziplin sei, die ständig sitzend abgehalten werde.
«Du hast keine Ahnung von der Organisation von Fussballspielen und Fitnessprogrammen.»
«Ich glaube», sagt die Mutter, «etwas für seinen Körper zu tun wäre wichtiger, als darüber zu reden. Deine Vorderseite wird zunehmend rundlicher, Herbert. Was habt ihr ständig zu beraten?»
«Mindestens so wichtige Dinge wie ihr mit eurem Kaffeekränzchengeschwätz.»

Frau Amalia Steinmann, geborene Lombardini, will das Wort ‹Geschwätz› zurückweisen. Ihre Familie weiss aber noch gar nicht, was sie heute abend unternehmen wird: «Wir haben Gruppensitzung zum Thema ‹Frau und Haushalt›.»
Herr Steinmann schüttelt den Kopf.
Florian strahlt. Wenn Vater und Mutter weg sind, kann er in aller Ruhe bei Eva anrufen und fragen, wie es ihr geht.
Er erwartet sehnlichst den Abschied der Eltern und freut sich sogar auf Bines Flötenmusik. Wann fängt sie endlich an?
«Musst du heute nicht üben?» fragt er seine Schwester liebevoll besorgt.
«Es ist mir neu, dass du dich um mein Flötenspiel kümmerst. Ich fange an, wenn es für mich richtig ist. Oder muss ich mein Brüderchen um Erlaubnis bitten, ob – und wenn nicht, wann – das Spiel genehm ist?»
«Natürlich nicht, ich meinte nur...» Florian gibt sich innerlich einen Ruck, «ich möchte ungestört telefonieren, das heisst, ohne dass du in der Wohnung herumschleichst.»
«Erstens schleiche ich nicht herum, und zweitens kümmern mich deine Gespräche einen Dreck.»
Damit ist die Bahn für Florian fast frei.
Er sitzt auf dem Sofa im Wohnzimmer, den Telefonapparat vor sich, und überlegt, was er fragen will.
Leonardos, bzw. Sabines Flötengepfeife hat für ihn Signalwirkung. Mit Herzklopfen wählt er die Nummer – er kennt sie schon lange auswendig.

Eine Frauenstimme am andern Ende der Leitung sagt: «Baltensberger.»
Er schluckt leer. «Florian Steinmann. Guten Abend Frau Baltensberger. Kann ich mit Eva sprechen?»
«Leider nein. Sie ist nicht hier.» Und nach einer Pause: «Sie musste vor einer Woche ins Spital.»
«Sie ist krank?»
«Ja, die Ärzte wussten anfänglich nicht, worum es sich handelt. Sie fühlte sich nicht wohl und hatte ständig erhöhte Temperatur.
Schliesslich fanden sie heraus, dass sie das Pfeiffersche Drüsenfieber hat. Eva muss noch zirka fünf Tage im Spital bleiben. Aber besuchen darf man sie schon.»
«Ich wollte ihr... Ich wollte sie nur etwas fragen. Sagen Sie ihr einen Gruss von Florian aus der Klasse Schertenleib. Gute Nacht, Frau Baltensberger.»
Florian sitzt wie versteinert auf dem Sofa. Er hat vor Aufregung nicht gemerkt, dass Bines Background-Musik in der Zwischenzeit verstummt ist.
Eva im Spital!
Meine Eva!

Aber sie ist gar nicht seine Eva. Sie ist die Freundin von Toni. Es tröstet ihn zu wissen, dass sie nicht weggezogen ist. Bald wird sie wieder in die Schule kommen. Vielleicht könnte er...
Mitten in seinen Überlegungen erschrickt er. Warum hört er nichts mehr von Leonardo Vinci, mit oder ohne ‹da›?

Er springt vom Sofa, reisst die Tür auf und sieht gerade noch Bine in ihrem Zimmer verschwinden.
«Du schleichst nicht in der Wohnung herum? Du übst fleissig Flöte? He?!»
«Ich darf wohl aufs WC, wenn ich muss. Oder bin ich verpflichtet, mein Brüderchen zu fragen?»
«Hör mit dem ‹Brüderchen› auf. Du weisst, dass du mich damit aufregst. Ich bin nicht dein Brüderchen.»
«Was denn? Aha, natürlich! Du bist mein grosser, weiser Bruder, vor dem ich mich in Ehrfurcht verbeuge.»
«Und du – eine blöde Kuh! Man müsste dich auf eine Alpweide bringen zum Übersömmern.»
«Dort ist es tausendmal schöner als an jenem Ort, wo du hingehörst, ins Affenhaus im Zoo.»
«Da hätte ich wenigstens Ruhe vor...» Er beginnt mit quäkender Stimme zu singen: «Summ, summ, summ, Bienchen summ herum.» Er weiss, dass er damit Sabine ganz besonders trifft.
Sie senkt die Augen, zögert einen Augenblick und greift zum Notenheft, das vor ihr liegt.
«Du willst mir doch nicht deinen lieben Leonardo nachwerfen, Bienchen? Ich nähme ihn mit. Was würde dein Flötentantchen sagen?»
Bevor der Streit in Handgreiflichkeiten ausartet, zieht sich Florian zurück. Er hat andere Sorgen.
Begleitet von einem Allegro Furioso aus dem Nebenzimmer sausen die Gedanken durch seinen Kopf: Soll er Eva ins Krankenhaus telefonieren? Ihr eine Karte schreiben? Oder gar selber vorbeigehen?
In allen Fällen taucht dasselbe Problem auf: Die richti-

gen Worte finden. Darauf kommt es an. Dass sie ihn versteht. Oder noch wichtiger: Dass sie ihn nicht missversteht. Dass sie nicht etwa meint...

Er hat ja nichts gegen den Toni.

Oder vielleicht doch? Dieser lässige Typ. Einen halben Kopf grösser als er. Die Haare schräg in die Stirn. Und immer nach der neuesten Mode gekleidet. Sein Gehabe – so wichtigtuerisch – geht Florian auf die Nerven. Eigentlich kennt er ihn kaum.

Florian möchte Eva einfach...

Was möchte er überhaupt?

Immer diese Zweifel.

Ich bringe ihr eine Kassette von den A.R.C. Und wenn sie im Spital keinen Recorder hat? Oder dieses Band schon besitzt? Oder gar sagt: ‹Die A.R.C. gefallen mir gar nicht›?

Er verscheucht diese Gedanken und will aus der untersten Schublade von Mutters Kommode ein Geschenkpapier holen. Die meisten eignen sich nicht: Weder Weihnachtssterne und Tannenzweige noch verschneite Dörfchen kann er brauchen. Ein knallrotes – auch wenn es vielsagend wäre – passt ihm ebenfalls nicht. Nach längerem Hin und Her entscheidet er sich für ein dunkelblaues Papier.

Er wühlt nach einem Geschenkband. Erfolglos.

«Wenn ich einmal etwas brauche, ist es in der Saurordnung nicht zu finden!» Hier zitiert er wörtlich seine Mutter, die täglich mehrmals dieses Jammerlied anstimmt.

Er holt aus der Hausapotheke Leukoplast, um das

Päcklein zuzukleben. Mit einem Silberstift schreibt er obendrauf ‹EVA›. Dieses Zauberwort. Nur drei Buchstaben. Das schönste Wort überhaupt.
Er betrachtet das Geschenk von hinten und vorn und ist mit den Leukoplastklebern nicht mehr zufrieden. Das sieht zu sehr nach Krankheit und Spital aus. Er rupft die Streifen sorgfältig weg und will sie mit durchsichtigem Klebeband ersetzen. Verflixt! Er hat einen Teil der wunderschönen dunkelblauen Geschenkpapierfarbe weggerissen.
Jemandem eine Freude bereiten ist keine einfache Sache. Vor allem, wenn man sich dabei so viel überlegt wie Florian.
«Was denkt sie beim Auspacken?» denkt Florian beim Einpacken. Es ist fast zum Verzweifeln.
Mit zwei neuen noch grösseren Streifen Leukoplast versucht er, den Schaden gutzumachen.
Der Inhalt ist wichtiger als die Verpackung.
Morgen will er ihr das Geschenk bringen.

Der Vormittag in der Schule schleppt sich mühsam dahin. Im Rechnen werden die Webstuhlaufgaben lang und breit besprochen, wobei Herr Schertenleib Florians Problem nur ganz kurz erwähnt, genauer gesagt, unter den Tisch wischt: «Dein Antwortsatz ‹Man braucht ungefähr 120 Stunden› ist unkorrekt, auch wenn die Zahl stimmt. In der Mathematik gibt es kein ‹ungefähr› oder ‹vielleicht›. Da ist alles klar. Florian, du kannst dir in Zukunft solche Worte in den Resultaten sparen.»

Nach der 10-Uhr-Pause dürfen die Schüler noch ein Überraschungsdiktat schreiben. Das letzte vor dem Zeugnis! Es biete sich damit jedem noch eine Chance, die Note zu verbessern.

Die Chance besteht in einem perfiden Text, den Herr Schertenleib mit liebenswürdiger Stimme vorliest. Darin kommen alle Klippen und Finessen der deutschen Rechtschreibung vor: «Gestern abend befahl der Offizier: ‹Ihr müsst stets rechts gehen, dann seht ihr nach ein paar Metern jenseits der Brücke die Station. Auch wenn ihr todmüde seid, sollt ihr, wie ihr es seit eh und je gewohnt seid...»

So geht das zweieinhalb Seiten lang. Florian purzelt die Gross- und Kleinschreibung durcheinander: Mann-man-todsicher-tot-seid-ihr-seit-gestern-vormittag...

Was für ein Sadist hat die deutsche Orthographie erfunden?

Vieles ist Florian, wenn es der Lehrer erklärt, völlig klar. Aber mit dem Schreiben hapert es. Da fehlt plötzlich ein Buchstabe. Beim Durchlesen wird er vollends unsicher und verschlimmbessert seine Wörter. Das eindeutig schönste Erlebnis an diesem Mittwochmorgen ist das Läuten kurz vor zwölf.

Florian macht sich mit Claudio und Ibrahim auf den Heimweg. Die ehemalige Pestalozziwiese – jetzt heisst sie ‹Schertenleibs Friedhof› – wird kaum eines Blickes gewürdigt. Sie ist eingezäunt und besteht aus Erdhaufen, Gräbern und Knochen. Ein echter Naturgarten!

«Ich gehe heute nachmittag ins Einkaufszentrum. Was macht ihr?», fragt Ibrahim.
«Ich muss ins Training.»
«Und du, Florian?»
Er schweigt.
«He, was ist mit dir los?»
«Ich mache einen Besuch im Spital.»
«So, ist jemand von deiner Familie krank?»
Florian zögert und bereut, schon zuviel gesagt zu haben.
Claudio hilft ihm weiter: «Eine private Angelegenheit, nicht wahr? Heiss! Wen besuchst du? Oder handelt es sich um eine ganz intime Sache?»
Er schweigt.
«Du gehst doch nicht etwa zu ...» Ibrahim wagt es gar nicht auszusprechen, fährt dann aber fort, «zu Eva, zur Schönen aus der Parallelklasse?»
«Woher weisst du, dass sie im Spital ist?»
Ibrahim und Claudio lachen. «Das weiss jeder im Schulhaus. Der Toni hat sie schon mehrmals besucht.»
Und Claudio fügt genüsslich hinzu: «Was heisst mehrmals? Jeden Tag geht er zu seiner Freundin.»
Florian wird es windelweh.
«Toni bringt ihr Blumen. Und Pralinen. Wie es sich für einen guten Liebhaber gehört. Du musst dich aber anstrengen. Jetzt geht mir ein Licht auf: Ich verstehe, warum du im Singen immer so interessiert zur ersten Stimme schaust. Nicht die Musik hat dir den Kopf verdreht. Und weil die Eva die beiden letzten Male gefehlt hat, deshalb warst du so trübsinnig. Stimmt's, oder ha-

be ich recht?»
«Cherchez la femme!», lacht Ibrahim.
«Was heisst das?» fragen die beiden andern.
«Mein Vater sagt das oft; wenn bei Männern etwas nicht stimmt, könne man in den meisten Fällen annehmen, dass eine Frau dahinterstecke.»
Schweigend gehen sie bis zur Kreuzung, wo sich ihre Wege trennen.
«Jeder von uns ist heute nachmittag beschäftigt. Tschau, Florian», sagt Ibrahim, «mach's gut. Viel Vergnügen!»
Florian verabschiedet sich mit einem doppelten ‹Ave›. Ibrahim freut sich, durch diesen Gruss auch zum engeren Kreis der Ausgrabungsverschwörer zu gehören.

Während die Mutter ein Dessert auftischt, bittet sie Florian, im Verlauf des Nachmittags in der Buchhandlung an der Bäckergasse etwas abzuholen.
«Ich habe das Buch vor einer Woche bestellt. ‹Die moderne Frau zwischen Haushalt und Beruf›.»
Normalerweise, wenn Vater oder Mutter mit solchen speziellen Anliegen und Aufträgen kommen, bringt Florian mehr oder weniger stichhaltige Einwände. Ob das nicht Bine machen könne. Er habe für die Schule so viel zu tun.
Diesmal ist er sogar erfreut. Er kann mit dem Velo in die Stadt fahren, ohne der ganzen Familie von seinem Spitalbesuch erzählen zu müssen.
Der Buchtitel liefert dem Vater, der seinen Kaffee schlürft und sichtlich geniesst, das Stichwort: «Was

liest du wieder für feministisches Zeug? Das macht dich nur unzufrieden. Ich schenke dir nächstens ein Kochbuch über die französische Küche. Da hätten wir alle etwas davon.»
«Genau», ruft Bine dazwischen, «die Frau soll dem Herrn des Hauses zudienen, putzen, die Wäsche besorgen und leckere Speisen auf den Tisch stellen. Es lebe der Pascha!»
«Hoppla! Welche Töne! Hört, hört, unser Fräulein Tochter – oder muss ich sagen Frau Tochter? – bringt neue Ideen ins Haus. Wo hast du denn das wieder aufgeschnappt?»
Florian hält sich zurück. Einmal, weil es ihm Spass macht, dass Bine und Vater aneinandergeraten und zum andern, weil er in Gedanken schon unterwegs ins Spital ist.
Frau Steinmann schmunzelt und freut sich über die Solidarität ihrer Tochter.
«Das hat die Flötenlehrerin gesagt. Die muss es wissen. Sie hat sich vor ein paar Wochen von ihrem Mann getrennt.»
«Was mich gar nicht wundert», brummt der Vater, «bei den Tönen, die du bei ihr lernst.»
Florian liegt auf der Zunge, Bine an ganz andere Urteile über die Flötenlehrerin zu erinnern. Vor nicht allzulanger Zeit hat es doch geheissen, ‹die Flötentante spinnt›.

Florian verabschiedet sich vom Tisch und verschwindet im Badezimmer. Er wäscht sich die Haare. Das

kommt bei ihm eigentlich eher selten vor. Und über Mittag schon gar nicht.
Während er fönt, blickt er immer wieder in den Spiegel und streicht mit der Bürste seine Mähne schräg nach vorn. Das soll ihn älter machen. Und attraktiver. Am liebsten würde er gleich jetzt gehen. Aber er will nicht der erste sein. Hoffentlich trifft er nicht zu viele Leute dort. Schön wären ein paar Minuten mit ihr allein. Oder kommen viele ihrer Mitschüler?
Florian beschliesst, die Spannung zu ertragen und so spät wie möglich zu gehen. Nicht um die väterliche Moral zu befolgen, ‹erst die Arbeit und dann das Vergnügen›, sondern eher aus Angst vor dem Ungewissen.
Vielleicht wird das ganze mit einer furchtbaren Enttäuschung enden. Aber dann wüsste er wenigstens, woran er ist.
Er nimmt sich vor, um drei Uhr wegzufahren. Zuerst wird er das Buch für die Mutter holen, und etwa eine Stunde später will er im Spital sein.
Bis zum Weggehen kann er die Schulaufgaben erledigen.
Fast unheimlich mühelos fliesst alles aus seiner Feder: die Aufsatzverbesserungen und die Dreisatzrechnungen mit den Brunnenröhren, kranken Arbeitern und den langsamen Zügen, die von A nach B fahren.
Was eine Eva alles vermag!
Um 15 Uhr – nach einem ausgiebigen Kontrollblick in den Badezimmerspiegel – verlässt er die Wohnung. Beinahe hätte er Herrn und Frau Eberhards Hund

überrannt, diesen kleinen, edlen, hässlichen, mondsüchtigen Köter.
«Wo hast du denn deine Augen?» schimpft Frau Eberhard, die die Treppe hochsteigt.
Florian dreht sich um, sagt freundlich: «Hier!» – tippt zweimal an die Stirn und rennt treppab.
«Warte nur, du Flegel!» ruft sie ihm nach.
Erst an der Haustür merkt Florian, was sein Zeigefinger für Frau Eberhard bedeutet hat. Er erschrickt einen Augenblick und steigt dann lachend auf sein Rad.
«Wenn die nicht weiss, wo ich meine Augen habe, muss ich es ihr wohl zeigen.»

Das Buch für Amalia Steinmann liegt im Laden bereit.
Florian macht sich auf den Weg Richtung Spital.
Immer wieder greift er in die Jackentasche, wo sich sein Geschenk befindet.
Wenn die Leute auf der Strasse wüssten, in welch wichtiger Angelegenheit er unterwegs ist und welch kostbaren Schatz er auf sich trägt. Mutters Frauenbuch könnte er siebenmal verlieren; aber nicht seine Kassette, dunkelblau verpackt, mit Leukoplast verklebt und silbrig beschriftet.
Er hat noch Zeit und fährt glückselig um ein paar Häuserblocks. Ein guter Stern hat ihm den Floh ins Ohr gesetzt, erst um vier Uhr ins Spital zu gehen. Die andern Besucher werden dann hoffentlich schon weg sein, spekuliert Florian.
Es ist für ihn eine Premiere, allein einen Besuch im Krankenhaus zu machen.

Vor zwei Jahren, als Bines Mandeln operiert werden mussten, war er mit der Mutter hier. Er erinnert sich noch gut an dieses unheimliche Haus, in welches die Leute mit dem Krankenwagen oder dem Privatauto gebracht werden und es zu Fuss, per Taxi oder auch im Leichenwagen verlassen.
Er weiss auch noch, wie Bine leidend – und ausnahmsweise wenig gesprächig – im Bett sass und er vernahm, dass sie dreimal täglich Vanille-Eis bekam, das er über alles liebt. Und sie war damit nicht zufrieden, sondern hätte viel lieber Himbeer-Glace geschleckt, die er verabscheut.
Unter der Eingangstür bemerkt Florian das Buch für die Mutter, das er gedankenlos vom Gepäckträger genommen und unter den Arm geklemmt hat.
Er geht wieder hinaus und befestigt die ‹Frau zwischen Beruf und Haushalt› auf dem Fahrrad. Wenn es jemand stiehlt, dann ist das höhere Gewalt, denkt er und betritt zum zweitenmal das imposante Gebäude.
Hier drin ist sie. Irgendwo.
Wenn sie wüsste, das er kommt!
Er geht zum Informationsschalter. Ein Mann mit einem Gipsbein wartet. Die Krankenschwester tippt mit der rechten Hand auf den Computer, mit der linken ergreift sie den Telefonhörer.
In diesem Moment kommt – Florian trifft fast der Schlag – durch eine Glastür direkt auf den Schalter zu: Toni.
Die beiden schauen sich einen Sekundenbruchteil in die Augen. Muss Florian jetzt, vor Tonis Ohren, die

Zimmernummer von Eva erfragen? Was macht er dann?
Florian bekommt Angst.
Soll er davonrennen?
Er darf doch einen Spitalbesuch machen. Für lange Überlegungen hat er jetzt keine Zeit. Er nickt Toni kurz zu, dieser brummt etwas, das wie ‹salü› tönt, Florian dreht sich um und betritt durch die Glastür den Spitalkorridor, als ob er hier zu Hause wäre.
Mit klopfendem Herzen geht er durch den langen Gang. Vorbei an unzähligen Türen. Der Griff in die Jackentasche zu seinem Päckchen ist sein einziger Halt.
Der Korridor scheint endlos. Florian will bei der ersten sich bietenden Gelegenheit abbiegen, um den eventuellen Verfolger abzuschütteln.
Eine breite Lifttür ist seine Rettung. Florian betritt den Aufzug. Bevor er sich orientieren und einen Knopf drücken kann, schliesst sich leise die Tür, und der Aufzug schwebt nach oben. Ein Glockenzeichen kündet das Ende der unfreiwilligen Fahrt an.
Florian drückt sich an zwei weissen Gestalten vorbei, die ein Bett in den Lift hineinschieben, und steht vor einer Glastür. Zutritt verboten.
«Was suchst du hier?» fragt ihn eine Krankenschwester.
«Ich will – ich möchte – zu Eva Baltensberger.»
«Ist sie auf der Intensivstation? Oder in der Wöchnerinnenabteilung?»
«Ich glaube nicht.»

«Ja, wo denn?»
Er zuckt mit den Achseln.
«Hier bist du sicher am falschen Ort. Die Auskunft am Eingang kann dir weiterhelfen.»
«Von dort komme ich.»
Die Schwester atmet tief ein und blickt auf die Infusionsflasche, die sie in den Händen hält.
«Warte einen Moment.» Sie verschwindet rechts um die Ecke.
Hilflos steht Florian vor der Lifttür und dem verbotenen Eingang. Er blickt der Schwester nach, die einen dunklen Korridor entlanggeht. Ein Lampe leuchtet auf.
Wie lange er wartet, weiss er nicht. Es scheint ihm eine Ewigkeit.
In dieser Zeit wird Toni hoffentlich das Spital verlassen haben.
Die Lampe verlöscht. Die Krankenschwester kommt auf Florian zu.
«Also, wie heisst der Patient?»
«Eva Baltensberger.»
«Ich will schnell nachfragen. Warte einen Moment.»
Im Spital scheint alles Momente zu dauern.
Schliesslich erklärt sie ihm den Weg in die Medizin II: «Mit dem Lift zwei Stockwerke abwärts, den Gang nach rechts, durch eine Glastür und nachher die kleine Treppe – es sind nur etwa fünf Stufen – hinunter und geradeaus. Dann kommst du in die Medizin I. Dort nimmst du den Lift oder gehst zu Fuss eine Etage höher. Zimmer 17.»

Florian macht sich auf den Weg. Das ist wie in einem Labyrinth. Hier könnte man gut eine Verfolgungsjagd inszenieren, denkt er. Oder ein Rollbrett-Rennen veranstalten.

Medizin II, Zimmer 17, heisst sein Losungswort.

Nach mehreren Irrwegen und zweimaligem Fragen erreicht er den ersehnten Ort.

Vor dem Zimmer 16 bleibt er stehen. Ein ehrfürchtig-feierlicher Zug kommt ihm entgegen. Zuvorderst ein kleiner rundlicher Herr mit Brille im Vollmondgesicht. Hinter ihm fünf ebenfalls weissgekleidete jüngere Gestalten mit weissen Gesundheitssandalen und ernsten Mienen. Zuhinterst eine Frau, vielleicht die Oberschwester, mit einem Stapel farbiger Papierbogen unter dem Arm.

Wollen die etwa zu Eva?

Gottseidank nicht. Im Gänsemarsch ziehen sie lautlos an Florian vorbei, als ob er Luft wäre.

Wenn die zu singen anfingen, könnten sie in der Muppet-Show auftreten.

Nur noch eine Wand trennt ihn von seinem Glück.

17, eine schöne Nummer.

Er klopft kurz und öffnet vorsichtig die Tür.

Ein geräumiges, helles Zimmer mit drei Betten. Die ersten zwei sind leer.

Keine Besucher! Im hintersten Bett neben dem Fenster liegt sie. Noch schöner als in den Musikstunden sieht sie aus in den weissen Tüchern und Kissen. Es verschlägt ihm zunächst die Sprache.

Das Spital verwandelt sich in ein Stück Himmel.

«Schön, dass du kommst», sagt sie.
Der Bann ist gebrochen. Sie lächelt.
«In den beiden letzten Singstunden habe ich dich nicht gesehen. Ich dachte, du seist krank oder weggezogen. Weggezogen wäre noch schlimmer gewesen. Musst du noch lange hier bleiben?»
«Nein, nur noch ein paar Tage. Ich hatte ständig Fieber, und der Doktor wusste nicht, woher es kommt.»
«Ich habe dir etwas mitgebracht.»
Florian überreicht sein Geschenk. «Hast du einen Recorder?»
«Ja, natürlich, den brauche ich; und seit heute auch noch Kopfhörer. Im Spital darf keine laute Musik laufen. Obschon wir drei hier im Zimmer einen ähnlichen Geschmack haben. Es stört die Schwestern.»
Dies interessiert Florian weniger als der fast unerträgliche Gedanke, dass sicher Toni ihr die Kopfhörer gebracht hat und Eva mit ihnen die A.R.C.-Musik hören wird.
Sorgfältig öffnet sie das Päcklein.
«Super! Danke vielmal. Die habe ich noch nicht. Die A.R.C. gefallen mir sehr.»
«Sie sind absolute Spitze. Ich wollte dich schon lange fragen, ob du ihre Musik auch so stark findest.»
«Wollen wir sie gleich laufen lassen?»
Florian legt die Kassette ein und zieht mit einem Wohlgefühl den Kopfhörerstecker heraus. Im Zimmer 17 ertönt A.R.C.
Eva strahlt und schaut mit grossen Augen auf Florian.
«Dreh noch etwas auf.»

Das lässt er sich gerne sagen.
So schön hat diese Musik noch nie getönt. Obschon er dieses Band schon unzählige Male gehört hat. Auch auf Vaters High-Tech-Anlage.
Der Blumenstrauss auf Evas Nachttischchen und das Fieberthermometer fangen an zu leuchten.
Wohin er blickt, alles ist wie verklärt.
Da geht die Tür auf und hereinkommt, nein, kommen die weissen Gestalten aus der Muppet-Show. Sie singen nicht, sondern schauen immer noch gleich langweilig aus den Kitteln wie im Gang draussen.
«Schade», sagt Eva, «das ist der Professor mit den Ärzten.»
«Besuchszeit vorbei», tönt es aus dem Mondgesicht.
Der Blick der Krankenschwester sagt deutlich, dass die Musik viel zu laut ist.
Eva dreht das Gerät auf ‹off›.
«Nimm noch ein paar Schokoladetäfelchen», flüstert sie Florian zu und gibt ihm die letzten zwei.
Abrupt endet sein Besuch.
Sie geben sich die Hand. Das erste Mal.
Die jungen Ärzte mit ihren ernsten Gesichtern wissen nicht, was im Zimmer 17 Wichtiges geschehen ist. Sie denken im besten Fall an Fieberkurven, Medikamente und Krankengeschichten, oder an ihren Feierabend.
Haben die auch eine Freundin?
Sicher keine Eva.
Sie faltet das blaue Geschenkpapier sorgfältig zusammen, so, dass ihr silbriger Name oben steht, legt es auf das Nachttischchen und erwartet die Visite.

Unter der Tür blickt Florian nochmals zurück. Die weissen Gestalten verdecken die Sicht.
Hat sie ihm nachgeschaut?

Florian pedalt nach Hause. In der Jackentasche ein noch kleinerer Schatz als auf dem Hinweg. Aber von welchem Wert!
Stammen die Schokoladen etwa von Toni? Genau wie die Kopfhörer? Hat er das süsse Geschenk ihr gestern gebracht?
Wer sagt überhaupt, dass sie mich mag? Vielleicht hat sie nur ein Lächeln aufgesetzt, genau wie sie dem Doktor oder der Schwester zulächelt, wenn sie Medikamente oder ein Glas Tee bekommt.
Aber die Schokoladen hätte sie mir nicht geben müssen. Und hat sie nicht gesagt: ‹Schön, dass du kommst›?
Und Toni? Was sagte sie ihm? Den hat sie sicher umarmt. Oder sogar geküsst.
Florian wäre fast vom Rad gefallen. Er hat den Randstein gestreift. Er muss wissen, wie es um sie steht.
Er will es erfahren. Buchstäblich.
Wenn ich bis vor die Haustür fahren kann, ohne einmal anzuhalten und ohne mit dem Fuss den Boden zu berühren, dann ist das ein Zeichen dafür, dass sie mich liebt.
Die erste Kreuzung mit Lichtsignal schafft er glücklich. Er kommt bei Gelb gerade noch durch.
Bei der zweiten wird es kritisch. Dort hat es lange Haltephasen. Er sieht das Rotlicht von weitem. Er bremst,

damit er noch eine genügend grosse Strecke vor sich hat.
Wann wird es endlich grün? Er fährt so langsam, dass er zu schwanken beginnt. Er hebt sich vom Sattel; so kann er besser balancieren.
Noch einen Meter bis zum weissen Strich. Dann ist es aus. Das darf nicht sein!
Kurz bevor Florian vom Rad gefallen wäre, also den Fuss auf den Boden hätte setzen müssen, rollt ein Lieferwagen heran und bremst abrupt. Im letzten Moment hält sich Florian mit der linken Hand an ihm fest. Die Räder des Velos drehen sich immer noch ein wenig. Er ist überzeugt, dass er sich mit einer Geschwindigkeit von 0,01 km/Std. bewegt.
Endlich grünes Licht. Freie Fahrt. Sie liebt mich!
Glücklich saust er an die Burgstrasse, über das Trottoir, an den Briefkästen vorbei direkt vor die Haustür.
Herr Eberhard, der das Haus gerade verlässt, ausnahmsweise ohne Köter, schüttelt den Kopf. Bevor er giftig fragen kann, ob Florian das Treppenhaus hinauffahren wolle, kommt ihm dieser zuvor. Freundlich strahlend ruft er: «Guten Abend, Herr Eberhard! Einen schönen Abend», stellt das Rad in den Vorraum und rennt pfeifend nach oben.
«Hast du mein Buch?» fragt die Mutter zur Begrüssung.
«Oh, ich hab's vergessen.»
«Das darf nicht wahr sein! Wenn ich dich einmal um einen Gefallen bitte. Lausig! Ich sag auch einmal: ‹Heute habe ich vergessen zu kochen›.»

«Ich hab's auf dem Velo-Gepäckträger. Im Vorraum unten.»
Und innerhalb kürzester Zeit bringt Florian ‹Die Frau zwischen Haushalt und Beruf› in die Küche.

IV

Nur noch zwei Tage in die Schule.
Je näher die Ferien rücken, desto leichter sind die Qualen des Schulalltags zu ertragen, auch wenn die Stunden träg dahinfliessen. Der Lehrer bringt nichts Spannendes mehr. Die Hefte müssen in Ordnung gebracht und die Arbeitsblätter ausgefüllt und sortiert werden. Herr Schertenleib lässt die Fehler in den Verbesserungen verbessern. Florian weiss schon jetzt, dass er auch noch die verbesserten Verbesserungen wird verbessern müssen.
Ferien sind halt doch das Schönste an der Schule! Wie sauer muss er diese verdienen.
Etwas Schlimmes steht Florian noch bevor. Herr Schertenleib hat es schon mehrmals angekündigt: das Zwischenzeugnis. Dieses ist für den Übertritt in die Oberstufe von entscheidender Bedeutung. Die Noten zählen – zusammen mit dem Lehrerurteil und der eigentlichen Prüfung zu je einem Drittel für die Bewertung. Wer gute Vornoten mitbringt, kommt auch mit einer schlechten Prüfung durch. Wer aber im voraus als ‹ungenügend› taxiert wird, tritt mit einem schweren Handicap an: Er darf sich nicht das kleinste Versa-

gen leisten, und die Lehrer betrachten seine Leistungen besonders kritisch.

Herr Schertenleib steht gegen Ende der letzten Stunde am Donnerstagnachmittag strahlend vor seiner Klasse. In den Händen hält er die Umschläge mit den Schicksalsnoten. In alphabetischer Reihenfolge werden sie verteilt.
Florian kommt als drittletzter an die Reihe. Ibrahim, Gabi, Hans-Martin, Irma und Claudio haben schon einen Blick hineingeworfen. Ihre Gesichter verraten nichts.
«Florian Steinmann!» Er geht nach vorn.
Der Lehrer schaut drein wie eine altägyptische Sphinx. Oder eher wie eine Mischung aus Julius Cäsar am Rubikon und einem Showmaster kurz vor der Ziehung des Hauptgewinns. Er macht ein Gesicht wie jemand, der weiss, dass ihm nichts passieren kann.
Ist ihm bewusst, welche Weichen er stellt? Was dieses Zeugnis für Florians Zukunft bedeutet?
Florian öffnet den Briefumschlag nicht. Er ahnt, was drinsteht. An Wunder glaubt er nicht. Und schon gar nicht in der Schule.
Die Unterhaltung auf dem Heimweg ist gedämpfter als sonst. Gabi und Claudio schimpfen, weil ihre Rechennoten abgerundet wurden. Sie kennen auch schon die Begründung des Lehrers: die mündliche Beteiligung am Unterricht. Wer fleissig aufstreckt und nach der Stunde wenn möglich noch bei Schertenleib zusätzliche Aufgaben verlangt, der darf auf einen Bonus hoffen.

Zu dritt sind sie sich einig, dass ein Schüler psychisch angeschlagen sei, wenn er an den üblichen Aufgaben und Schularbeiten noch nicht genug hat. Überhaupt: Strebertypen seien unglückliche Menschen. Man müsse nur einmal den Hans-Martin anschauen.
Es wäre allerdings übertrieben, zu behaupten, Florian, Gabi und Claudio hätten zurzeit grosses Glück ausgestrahlt.
«Und du?» wendet sich Gabi an Florian. «Was hast du für Noten?»
«Ich muss gar nicht erst hineinschauen. Schertenleib hat den Eltern einen Brief geschrieben. Für mich ist das Rennen gelaufen.»
«Du spinnst, das weisst du erst, wenn du es schwarz auf weiss siehst.»
«Zeig mal», sagt Claudio mitfühlend und neugierig.
Florian, der weiss, ‹dass man der Wahrheit ins Auge schauen muss› – wie sein Vater zu sagen pflegt –, öffnet die Schulmappe und nimmt den Umschlag heraus.
Zu dritt lesen sie mitten auf dem Trottoir:

Sprache mündlich	gut
Sprache schriftlich	ungenügend
Rechnen	ungenügend
Sach- und Umweltkunde	gut
Turnen	gut
Gesang und Musik	sehr gut
Zeichnen	genügend
Religion	gut

«So schlimm sieht das gar nicht aus», meint Gabi.
«Du weisst doch, die ersten drei Noten zählen. Ich müsste an der Prüfung jedesmal mindestens ein ‹gut› machen. Das ist unmöglich. Wie steht's bei euch?»
Sie setzen sich auf die Gartenmauer, und die beiden andern klauben ebenfalls ihr Schicksalspapier hervor. Gabi hat nur im Singen ein ‹genügend›. Nicht etwa, weil sie keine gute Stimme hätte, sondern weil sie ihre Stimmbänder während der Musikstunden aussermusikalisch betätigt. Bei allen andern Fächern steht ‹gut› oder ‹sehr gut›.
«Du hast doch vorhin gesagt, der Schertenleib habe dir im Rechnen abgerundet.»
«Ja, klar: Ich hätte nach den schriftlichen Prüfungen ein ‹sehr gut› verdient. Aber so fies ist er!»
«Diese Sorgen möchte ich auch haben», stöhnt Claudio. Und Florian blickt nachdenklich auf sein Zeugnis. Er und Claudio sind etwa gleich gut. Oder genauer: gleich schlecht.
«Mit diesen Noten kommst du ins Gymnasium», bemerkt Florian bewundernd und auch etwas neidisch zu Gabi. «Für uns zwei reicht's nicht einmal in die Sekundarschule.»
«Was heisst das schon?» sagt Claudio. «Du kannst das beste Zeugnis haben und doch der grösste Trottel werden.»
«Stimmt. Aber es gibt Berufe, für die braucht man einfach die Sekundarschule.»
Florian sieht die Cockpits und Fluglinien auf der Weltkarte vor sich. Aber darüber kann er jetzt nicht reden.

Gabi möchte den beiden etwas Gutes sagen. Es fällt ihr nichts ein. Sie schämt sich fast ihrer Noten.
«Ich habe immer gedacht, wir drei stünden etwa gleich. Sonst hätte ich mein Zeugnis gar nicht gezeigt. Warum hat der Schertenleib bei euch nicht aufgerundet?»
«So ist er halt. Der kann mit uns machen, was er will.»
«Heisst es nicht in einem der zehn Gebote: ‹Du sollst kein falsches Zeugnis geben›? Daran sollten sich auch die Lehrer halten! Das sind doch lausige, falsche Zeugnisse», sagt Claudio und grinst.
Florian gibt sich Mühe, den Mund etwas zu verziehen: «Leider steht es in der Bibel – soviel ich weiss – leicht anders. Es geht nicht um Schulzeugnisse. Und überhaupt... Ich glaube, es gibt noch schlimmere Lehrer als den Schertenleib.»
Gabi nickt und erzählt, was sie kürzlich von ihrem Vater gehört hat: «In einem Dorf in der Nähe unterrichtete vor vielen Jahren ein Lehrer. Jedesmal, wenn der eine neue siebte Klasse übernahm, begrüsste er seine Schüler freundlich und streng und erklärte, wie er sich den Schulbetrieb vorstelle. Mitten in der Rede rief er plötzlich einen Schüler nach vorn, krempelte die Hemdärmel hoch, und ohne ein Wort zu sagen, schlug er dem armen Opfer rechts und links eine an die Ohren. Der Schüler, der weder etwas Unrechtes gemacht hatte, noch sich eines Fehlers bewusst war, durfte wieder an den Platz. In die explosive Stille sagte der Lehrer: ‹So, jetzt habt ihr gesehen, wie es einem ergeht, der nichts angestellt hat. Ihr könnt euch ausdenken,

was geschieht, wenn einer tatsächlich nicht gehorcht oder Blödsinn macht!»
«Ich hätte zurückgeschlagen oder wäre davongerannt», sagt Claudio.
«Der Lehrer soll fast zwei Meter gross gewesen sein. Alle hatten Angst vor ihm. Aber», Gabi kann vor Lachen fast nicht weiterreden, «einmal schlug er den Neffen des Schulinspektors. Und damit war das Mass voll. Er wurde entlassen. Danach arbeitete er in einem Transportgeschäft.»
Claudio grinst.
Florian bleibt nachdenklich: «Diese Schauergeschichten helfen mir auch nicht. Mir reicht der Schertenleib.»
Die Zeugnisse werden wieder versorgt.
An der Kreuzung verabschiedet sich Florian und geht Richtung Burgstrasse.
Wie schwer eine Schulmappe mit einem schlechten Zeugnis wiegt. Mit Vergnügen würde er die ganze Pestalozziwiese allein umgraben, könnte er dafür etwas bessere Noten nach Hause tragen.
Der offizielle schlechte Befund wird neben den beruflichen noch andere Folgen nach sich ziehen. Ist Florian nicht schon genug gestraft, dass seine Pilotenlaufbahn im Eimer ist? Vielleicht für immer.
Soviel ist für ihn sicher: Dieses Unheilsdokument wird noch weiteres Unheil gebären: ein elterliches, vor allem väterliches Gewitter, mit orkanartigen Schauern, serienweisen Blitz- und Donnerschlägen, begleitet von heftigen Erdstössen.

Die Ferien stehen bevor. Die Osterfeiertage, an denen die Familie noch näher aufeinandersitzt als während der normalen Wochen. Und sein Geburtstag: bisher immer der schönste Tag im Jahr. Und bald nach den Ferien: die Prüfungen. Soll einer sagen, die Jugendzeit sei unbeschwert und glücklich!

Florian verlangsamt seinen Gang, der heute ohnehin nicht beschwingt ist. Trotz seiner Niedergeschlagenheit ist er fähig zu überlegen, wann und wie er die Hiobsbotschaft überbringen soll: vor dem Nachtessen? Oder nachher? Sozusagen als Dessert? Oder soll er das Zeugnis wortlos ins Schlafzimmer der Eltern legen?

Diesen Gedanken verwirft er. Er will dabeisein. Er will der Realität ins Auge schauen. Und gleich wissen, woran er ist. Oder soll er eine besonders günstige Gelegenheit abwarten? Aber für dieses Vorhaben kann er sich gar keinen guten Augenblick vorstellen. Für seinen Vater wird eine Welt zusammenbrechen.

Mit einem Klumpen im Magen und einem Knollen im Hals betritt er die Wohnung. Obschon er keinen Hunger verspürt, ist er überrascht, dass die Mutter nicht in der Küche das Abendessen vorbereitet.

Stattdessen sitzt sie im Wohnzimmer und liest. Er kennt das Buch. Mit einem kurzen Gruss gibt sie Florian zu verstehen, dass sie beim Lesen nicht gestört werden will. Eigentlich hätte er die ganze Angelegenheit gerne mit ihr vorbesprochen.

Er zieht sich in sein Zimmer zurück. Warum geschehen heute keine Wunder mehr?

Könnten nicht die beiden schlimmen ersten Buchstaben im Wort ‹ungenügend› einfach verschwinden? Sich in nichts auflösen? Er ist der Märchenwelt entwachsen und weiss, dass kein Zauberer ihm helfen kann. Höchstens – könnte er das unselige Un selber zum Verschwinden bringen. Mit einem Tintenkiller. Oder einem scharfen Messer. Oder… Aber dies machte die Sache nur noch schlimmer.

Sein Entschluss steht fest: Am Tisch will er kurz und bündig bekanntgeben, dass sein Notendurchschnitt nicht für die Sekundarschule reicht.
Er drückt die Taste ‹power› und dreht den Knopf ‹volume› voll auf. Die A.R.C. dröhnen durch das Zimmer und die Wohnung.
Normalerweise spürt er diese Musik bis unter die Haut. Aber trotz der Lautstärke laufen die Töne an ihm herunter wie der Regen auf einer Ölhaut.
Sogar die Eva, von der er nicht weiss, wie es ihr jetzt geht, ist weit weg.
Er liegt auf dem Teppich. Diesmal ohne Schulbuch. Die verschränkten Arme sind sein Kopfkissen.
Er ist ganz allein.
Niemand kann ihn verstehen. Niemand kann ihn trösten. Niemand kann ihm helfen.
Er möchte aufstehen und seine Schulsachen zertrampeln. Er möchte toben, schimpfen, fluchen, seine Poster herunterreissen.
Er weint.
Nach einer Weile geht die Tür auf. «Dass du bei dieser

lauten Musik schlafen kannst! Hilf mir bitte den Tisch decken.»

Ausnahmsweise ertönt kein Protest. Auch kein Hinweis auf die wichtigen Schulaufgaben. Oder der Satz ‹warum gerade ich?›

Er trocknet mit dem Hemdärmel die nassen Wangen und geht in die Küche.

«Das Zwischenzeugnis», sagt er leise. Und während er die Teller aus dem Schrank holt: «Mit der Sekundarschule ist es aus.»

Frau Steinmann scheint gar nicht überrascht. Sie antwortet fast tonlos: «So.»

Dieses kleine Wort klingt weder vorwurfsvoll noch enttäuscht. Am ehesten etwas traurig.

«Dann muss es halt nicht sein.» Und nach einer Pause: «Jetzt.»

Beim Verteilen des Bestecks kommt sozusagen zufällig die Gabel mit der verbogenen Zinke an Bines Platz.

«Was meinst du mit ‹jetzt›?» fragt Florian.

«Wenn du willst, und wenn es für dich richtig ist, kannst du es nächstes Jahr versuchen.»

«Dann bin ich zu alt. Ich will nicht als Tattergreis in die Sekundarschule.»

Die Mutter lächelt. «Wir werden sehen. Wo bist du ungenügend?»

«In Sprache schriftlich mache ich zu viele Fehler und schreibe nicht das, was der Schertenleib will, und ...»

Jemand betritt die Wohnung. Die Mutter flüstert: «Zeig's dem Vater morgen. Er hatte heute einen aufregenden Tag.»

Dies wird gleich bestätigt: «Oberlausig, was die da oben» – damit meint er seinen Vorgesetzten – «wieder für Ideen haben. Wir müssen's ausfressen. So sind die Studierten, die verstehen von den wirklichen Problemen in der Praxis überhaupt gar nichts. Oberlausig! Hirnverbrannt!»

«Wir wollen mit dem Essen anfangen», besänftigt Frau Steinmann. «Bine bringt gleich Butter und Käse aus dem Milchladen.»

Dampfkartoffeln! Warum gibt es immer Dampfkartoffeln, wenn Florians Hals ohnehin schon zugeschnürt ist? Hat er nicht an seinem Zeugnis genug zu würgen?

Vielleicht ist die Gelegenheit doch günstig, jetzt, wo sein Vater mit den Klima- und Heizanlagen, Entlüftungsrohren und Windkanälen und seinem unfähigen Chef beschäftigt ist.

Gerade als sich Florian durchgerungen hat, sozusagen in den Startlöchern steht, das schwere Thema anzuschneiden, erscheint Bine.

Sie pfeift. Offensichtlich geht es ihr gut.

Schwungvoll legt sie die wichtigen Zutaten auf den Tisch. Sie merkt bald, wie geladen die Atmosphäre ist. Vor allem die Runzeln auf Vaters Stirn sind nicht zu übersehen.

Bine nimmt die verhasste Gabel zur Hand und holt zur Überraschung aller, ohne ein Wort zu sagen, eine andere.

«Heute hat Frau Schwarzenberger gesagt, wenn ich so weitermache in der Schule, sehe sie mich im Gymnasium.»

Der Vater schaut überrascht auf. Anderthalb Falten verschwinden.
«Wenigstens etwas Erfreuliches heute!»
Seltsam, dass die Mutter nicht in Freudenbezeugungen ausbricht. Florian kaut – scheinbar unberührt – weiter. Der Vater nimmt mit neuem Elan eine grosse Kartoffel aus der Schüssel. Und da tönt es aus dem halbvollen Mund von Florian: «Und ich komme nicht in die Sekundarschule.»
Die Mutter senkt den Blick. Sabine macht grosse Augen. Eine unheimliche Spannung liegt über dem Tisch. Einen Augenblick befürchtet Florian, die Kartoffel in Vaters Hand würde an seinen Kopf geschossen.
Nichts geschieht. Nur ein tiefes «Das-darf-nicht-wahr-Sein. Was hast du gesagt?»
Florian will Vaters Lieblingswort zitieren, man müsse der Realität in die Augen sehen. Er weiss aber, dass dies im jetzigen Zeitpunkt wie Öl im Feuer wirkt.
«Ich habe in Rechnen und Sprache ‹ungenügend›.»
«Wir wussten dies seit dem Brief von Herrn Schertenleib», beschwichtigt die Mutter vorsorglich.
«So kommt's halt, wenn man nicht ernsthaft arbeitet, sondern ständig tausend Dinge im Kopf hat. Du hättest es in der Hand gehabt. Deine Flausen werde ich dir noch austreiben. Nein!»
Und dann werden Bines Augen noch grösser. Auch Florian hat so etwas am Tisch noch nie gesehen. Die Mutter richtet sich auf. Sie ist entsetzt.
Herr Steinmanns Finger verkrampfen sich. Er zer-

quetscht die Kartoffel in seiner Hand. Breiig quillt es durch seine Finger.
«So weit hast du es gebracht!»
Nach einer Schrecksekunde rettet Bine die Situation: «Seit wann machst du den Kartoffelbrei selber?»
Florian könnte seine Schwester umarmen. Sogar die Mutter verzieht ganz leicht den Mund, setzt aber wieder ein ernstes Gesicht auf, als der Vater laut schimpfend den Tisch verlässt und sich die Hände wäscht.
«Ich muss in einer halben Stunde in den EDV-Fortbildungskurs. Wir reden später darüber», tönt es vom Wasserhahn her.
Das Essen geht sang- und klanglos zu Ende. Frau Steinmann, die sich zwischen den Fronten befindet, weiss nicht, was sagen.
Florian ist mit seinem Zeugnis geschlagen. Und zusätzlich wurmt ihn, dass seine Schwester, die eigentlich mehr Musik als Schule im Kopf hat, scheinbar mit Leichtigkeit ins Gymnasium kommen soll.
Und Bine ist frustriert, dass ihr Bericht von der Familie gar nicht richtig gewürdigt wurde.
Die Kinder ziehen sich in ihre Zimmer zurück.
Keine Flötenmusik. Und der Fernseher im Wohnzimmer läuft nicht. Hat die Tagesschau nichts Spannendes zu berichten?
Florian wird unruhig. Er geht in den Korridor und macht sich am Schuhgestell zu schaffen. Die Tür zur Stube ist nur angelehnt. Er will einen neuen Bändel einfädeln an seinen ausgelatschten Turnschuhen.
Er hört die Mutter sagen: «Denk doch an den Bericht

des Schulpsychologen vor drei Jahren. Florian ist leicht legasthenisch. Er hat nun mal Mühe mit der Rechtschreibung. Wir können dankbar sein, dass er die normale Schule bis jetzt geschafft hat.»

«Legasthenisch, das hat's zu unseren Zeiten nicht gegeben. Und sein schlechtes Betragen, was hat das mit Legasthenie zu tun? Wir bekamen seinerzeit eins an die Ohren. So lernten wir fehlerfrei schreiben. Ich sag schon immer, diese weiche Tour, dieses Verständnis für alle Fehler und jedes Versagen – du siehst, wie weit man's mit der Psychologie bringt. Ich musste ganze Hefte abschreiben. Und die falschen Wörter zwanzigmal richtig. Das hat mich Sorgfalt gelehrt.»

«Aber Florian gibt sich doch Mühe. Siehst du dies nicht? Und wenn er nicht in die Sekundarschule kommt, ist das auch kein Landesunglück. Ich glaube, er findet seinen Weg. Ich habe überhaupt keine Angst. Du hast ja gerade vorhin über deinen studierten Chef geschimpft.»

«Das ist etwas anderes. Genug für heute. Ich muss jetzt meine Siebensachen für den Kurs bereitmachen.»

Florian verdrückt sich.

Nach wenigen Minuten verlässt Herr Steinmann die Wohnung. Florian atmet auf. Es ist doch gut, dass er heute lebt und nicht vor dreissig Jahren.

Das Sturmtief verlagert sich – unter gleichzeitiger Abschwächung – ostwärts, Richtung Zentrum, wo der Vater beim Computern hoffentlich seine Sorgen über den missratenen Sohn vergisst.

V

«Happy birthday to you ...»
Für Florian gibt es kein schöneres Lied. Er würde das zwar nie zugeben. Denn die Melodien und Rhythmen der A.R.C. gefallen ihm weit besser. Diese Gruppe ist absolut einmalig. Es gibt keine bessere Band auf dem Erdkreis.
Gerade gestern hatte er mit Ibrahim deswegen eine hitzige Diskussion. Dieser behauptete, die guten alten Rolling Stones seien nach wie vor unerreicht. Da könnten die neuesten Stars – auch wenn sie ihre Aufnahmen technisch noch so perfekt präsentieren und mit attraktiven Video-Clips propagierten – nicht mehr landen.
«Die müssen gar nicht landen», gab Florian zur Antwort. «Die starten. Mit A.R.C. fährst du ab.»
Seltsam, auch wenn für Florian diese Musik ein und alles ist, geht ihm das «Happy birthday» ebenfalls nahe. Soweit er sich zurückerinnern kann: zu Hause, im Kindergarten, in der Schule – dieses Lied wirkte immer anders als die andern. Ob es für eine Klassenkameradin oder einen Mitschüler angestimmt, oder ob Florian selber besungen wurde: Dieses Lied hat es in sich.

Viele gute Erinnerungen steigen in ihm auf: die Holzeisenbahn zu seinem fünften Geburtstag. Feste mit Kuchen in der Schule. Die Indianerbücher, die er vor drei Jahren erhielt.
Aber diesmal? Geburtstag während der Ferien. Im Kreis der Familie. Wenn er an seinen stirnrunzelnden Vater denkt. An seine flötenspielende Schwester, die so gut ist in der Schule. Sie wird das «Happy birthday» glockenrein, und erst noch verziert mit Trillern in der Art von Vinci, auf ihrem Instrument pfeifen. Nur schon beim Gedanken an diese Nervensägerei bekommt er Gänsehaut und hält sich die Ohren zu.
Dieses Jahr will er seinen Geburtstag anders feiern. Den zwölften.
Liegt es an der verflixten Zahl, dass bei ihm zurzeit vieles nicht rund läuft?
Er lacht. Denn in einer Woche, am 15. April, feiert er seinen 13. Geburtstag, wenn man es genau nimmt. Als er vor zwölf Jahren in der Frauenklinik auf die Welt kam – er kam zwar gar nicht, wie er von der Mutter weiss, er wurde in die Welt hinein gepresst, gestossen und gezogen! – das war doch sein erster Geburtstag. Warum wird der nicht mitgezählt, der wichtigste? Es ist wie mit den Rechenaufgaben. Man soll ein bisschen denken; aber ja nicht zu viel!
Er will mit seinen Schulfreunden feiern. Und vor allem mit Eva.
Wenn ich am Ende der Ferien eine Fete veranstalte, kann ich sie einladen, ohne dass sie denkt, ich laufe ihr nach, denkt er.

Wie geht es ihr? Drei Wochen hat er sie nicht mehr gesehen. Eine Ewigkeit.

Die Eltern haben angekündigt, sie machten am Samstag nach Ostern einen Besuch im Solothurner Jura bei einem gemeinsamen Bekannten aus der Jugendzeit. Ob Florian und Bine sie begleiten wollten?
Sie wollen nicht. Sie kennen diese elterlichen Gesprächstorturen mit netten Bekannten, an denen nachmittagelang die letzten Sommerferien an der Adria, die Probleme mit den Kindern, vor allem in der Schule, Todesfälle in der Nachbarschaft, Ischias, Heuschnupfen und der Benzinpreis durchgenommen werden.
Am schönsten wäre es mit Eva allein. Aber dies geht aus verschiedenen Gründen nicht. Was würde Toni sagen? Käme sie überhaupt?
Er will Eva zusammen mit Ibrahim, Gabi und Claudio, vielleicht auch mit Hans-Martin einladen. Das wird sicher lustig werden. Und Bine kann – ohne Blockflöte – ebenfalls dabeisein.
Es ist Dienstag in der Karwoche. Florian will alle noch vor den Osterfeiertagen fragen, um sicherzugehen, dass es klappt. Vor allem mit Eva.

Hurra, sie kommt!
Gabi wird ein Rezept und die Zutaten für eine Wunder-Schoko-Mousse mitbringen. Ibrahim will einen Pistazienkuchen backen. Claudio empfiehlt sich als Spaghettikoch. Und Florian möchte seine Tomatensauce

«Florianese» kreieren. Hans-Martin kündigt etwas Süsses zum Dessert an.

Mit der Aussicht auf diesen besonderen Tag gehen die Ferien im Flug vorbei. Auch Florians eigentlicher Geburtstag am Mittwoch.

Wie gewohnt stehen an diesem Morgen Kerzen auf dem Tisch und ein Kuchen. «Happy birthday» wird gesungen. Ohne Flöte.

Von der Grossmutter liegen zwei Paar handgestrickte Socken mit je einem Fünffrankenstück und von den Eltern ein Bücher- und Plattengutschein neben dem Teller. Im Teller der Kalenderzettel von heute, Mittwoch, 15. April, und zwei Briefe.

Den ersten kennt er: es ist die Handschrift von seinem Taufpaten. Er wird – wie jedes Jahr – eine Karte mit einem Gruss schicken und einer angehefteten Zwanzigernote. ‹Ich freue mich, Dich wieder einmal zu sehen.›

Wann eigentlich?

Von wem stammt der zweite Brief? Wer schreibt so sorgfältig? Hinten auf dem Couvert ist eine farbige Phantasieblume gemalt. Er reisst den Umschlag auf, überfliegt die Karte und schiebt sie sofort wieder zurück. Die drei Buchstaben am Schluss haben ihn elektrisiert. Das muss er in aller Ruhe für sich allein lesen.

«Hast du Fan-Post erhalten? Oder schreibt dir eine unbekannte Verehrerin?»

Florian geht nicht auf Bines Sticheleien ein, sondern öffnet gedankenabwesend den ersten Brief.

Es dauert eine Weile, bis er merkt, dass – welche Überraschung! – kein Geldschein drinsteckt, sondern ein Bon für einen Sonntags-Brunch im 5-Sterne-Grand-Hotel am See. Zusammen mit seinem Paten. Am nächsten Sonntag, den 20.4. ab 11 Uhr. ‹Ich hole Dich um zehn Uhr zu Hause ab.›

Florian weiss nicht, ob er lachen oder weinen soll. Eigentlich hat er mit den 20 Franken schon gerechnet. Seine Bücher- und Plattenwunschliste ist viel grösser als sein Taschengeld. Was weiss er, was ihm da bevorsteht.

Der Vater sagt trocken: «Konradin will wieder einmal etwas Anständiges essen. Der bekommt von seiner Bio-Gertrud nur Körner und Hasenfutter vorgesetzt.»

«Ich finde es eine gute Idee. Warum habe ich keinen solchen Paten?» jammert Bine.

«Du hast keinen Grund zu klagen», entgegnet Florian, «vorletzte Weihnacht hast du Luxus-Skier bekommen.»

«Dafür vorher und nachher nichts. Er erinnert sich nur alle paar Jahre an mich.»

«Aber dafür richtig! Vielleicht lädt er dich zur Konfirmation an das Vinci-Blockflöten-Festival ein, nach... Wie heisst das Städtchen in Süditalien, wo die Blockflöten an den Bäumen wachsen und alle Bewohner Hörschäden haben?»

Ohne eine Antwort abzuwarten, fährt Florian fort: «Wisst ihr, was noch schlimmer ist als eine Blockflöte?»

Bine verzieht sauer den Mund. «Ja klar, dein A.R.C.-Gedröhne. Sie hat gesagt, dass die ganze Generation,

die mit extrem lauter Musik, mit Kopfhörern und Walkman heranwachse, Gehörschäden davontrage.»
«Sagt deine Flötentante. Lieber einen Hörschaden als ruinierte Nerven von diesem durchdringenden Gepfeife, das einem die Freude an der Musik für immer vergällen kann.»
Bine nimmt die Provokation gelassen hin. «Ich hab dir auch noch ein Geschenk. Ein ganz grosses», und sie zupft ein kleines Couvert aus dem Ärmel. Er ist überrascht, überhaupt etwas zu bekommen.
Auf einer zusammengefalteten Briefkarte steht:

Gutschein für Florian Steinmann
zum Geburtstag am 15. April

1. für einen blockflötenfreien Abend an der Burgstrasse
2. für eine Blockflötendarbietung irgendwo, irgendwann, mit freier Wahl der Stücke, um so den Wert dieses Instruments kennen- und schätzenzulernen.

Florian ist gerührt und lacht. «Das erste werde ich sicher bald einziehen. Ob ich für Nummer 2 je Bedürfnis haben werde, weiss ich im Moment noch nicht.»
«Es gibt ja wirklich noch Schlimmeres als eine Blockflöte», unterbricht die Mutter, «z. B. ein Saxophon.»
Die übrige Familie widerspricht.
Florian macht eine Kunstpause, sagt grinsend: «Schlimmer als eine Blockflöte sind zwei Blockflöten», und verlässt mit seinen Geschenken – unter nicht allzugrossem Gelächter – den Tisch.

«Und der Kalenderzettel? Hast du ihn genau angeschaut?» ruft ihm der Vater nach.
Jetzt erst sieht Florian, dass unter seinem Datum zwei Geburtstage stehen: * 1452 Leonardo da Vinci und * 1832 Wilhelm Busch. Sicher hat Bine die Namen unterstrichen. Wie schön, dass der richtige Leonardo und der Vater von ‹Max und Moritz› mit ihm am 15. April Geburtstag haben.

Evas Brief brennt ihm in den Fingern.
Sie hat mir geschrieben!
Im Zimmer liest er:

> Lieber Florian,
> ganz unerwartet muss ich mit meinen Eltern zu Verwandten nach Süddeutschland fahren.
> Wir werden bis zum Ferienende dort bleiben.
> Deshalb kann ich nicht an Deine Geburtstagsparty kommen. Leider. Ich hoffe, dass wir uns nachher einmal sehen und wünsche Dir ein schönes Fest.
> Mit lieben Grüssen, Eva.

Ein Hammerschlag für Florian. Warum überhaupt ein Fest, wenn sie nicht kommt. Warum muss sie gerade jetzt verreisen? Eine Frage jagt die andere. Er hält inne: Zweimal hat sie das Wort «lieb» gebraucht. Ist das in der Anrede und am Schluss nur eine Floskel? Und sie schreibt «leider». Und sie hofft, mich ein andermal zu sehen. In der Singstunde? Wie meint sie das? Vielleicht

muss sie tatsächlich zum Grossvater, der im Sterben liegt?
Er dreht die Karte um und sieht zwei leuchtende Sonnenblumen und unten ein dunkles Paar Dahlien.
Florian wird zwischen dem Hellen und dem Dunklen hin- und hergerissen. Die goldenen Blüten sind viel grösser als die rotbraunen.

Eine Party organisieren ist schwieriger, als er dachte.
Die Eltern verlassen am frühen Samstagmorgen die Wohnung mit letzten Ermahnungen: «Keine allzugrosse Unordnung! Nicht zuviel Lärm! Keine zu laute Musik! Die Küche einigermassen sauber hinterlassen! Wir wissen nicht genau, wann wir nach Hause kommen. Es kann sehr spät werden. Viel Vergnügen!»
«Ebenfalls!» ruft Florian und beginnt, sein Zimmer aufzuräumen. Das heisst in seinem Fall, die tausend Dinge, die auf dem Boden liegen, in, auf, unter, neben und hinter dem Schrank zu verstauen. Nur ein paar alte Busbillette und Zettel von der Schule landen im Papierkorb.
Evas Karte, samt Couvert, bekommt einen würdigen Platz auf seinem Tisch. Ein paar Kissen auf den Boden, und das Zimmer ist gerichtet.
Mineralwasser muss kalt gestellt werden. Eiswürfel braucht es. Himbeer-Sirup ist zu wenig da. Er muss noch einen Liter kaufen.
Sein Lieblingsgetränk, von dem nur noch wenig vorhanden ist, will er ebenfalls aufstellen, den giftgrünen Pfefferminz-Sirup. Der sieht farblich phantastisch aus

und schmeckt so gut. Hoffentlich trinken die Gäste ihn nicht aus. Er ist nur in wenigen Delikatessgeschäften erhältlich. Sein Vater hat ihm die Flasche aus Frankreich mitgebracht.
Um drei Uhr läutet es zum ersten Mal. Gabi steht schwer beladen vor der Tür. Das wird eine Riesenportion Schoko-Mousse geben, denkt Florian. Oder bringt sie mir sonst noch ein Geschenk?
Beim Auspacken wird es klar: Sie zieht aus dem einen Plastiksack ein grosses, schweres Buch, «Meyers exklusive Kochkünste – 2500 Rezepte aus aller Welt», und aus dem andern die leckeren Zutaten.
Kurz darauf erscheint Ibrahim: «Ave Florian! Ich gratuliere dir zum Geburtstag.» Er entschuldigt sich, dass sein Pistazienkuchen keine Pistazien enthalte, sondern mit Mandeln gemacht und zudem etwas gut gebacken sei. Man könnte den Zustand des Kuchens auch als verbrannt, wenn nicht gar verkohlt bezeichnen. Dafür kommt die kunstvolle Zuckerschrift FLORIAN um so mehr zur Geltung.
Der Spaghetti-Koch Claudio überreicht dem Geburtstagskind eine farbig verpackte Flasche. Und Hans-Martin, der Brave – seine Mutter hat ihn mit dem Jaguar an die Burgstrasse gefahren – bringt eine stilvoll verschnürte Schachtel aus der teuersten Konditorei. Ein Kilogramm vom besten Creme-Konfekt. Als Florian das Paket öffnet, verspürt niemand mehr den Drang, mit den Kochvorbereitungen anzufangen, sondern sie geben sich alle lustvoll der Vorspeise hin, die eigentlich als Dessert gedacht war. Besonders die mit

Schokoladecreme gefüllten «Holländerli» finden regen Zuspruch.
Das Gespräch dreht sich um die Schule im allgemeinen und Herrn Schertenleib im besonderen. Um die Ungerechtigkeit in der Welt und die Sturheit der Lehrer. Man müsse dem Schertenleib eine Frau besorgen, schlägt Gabi vor.
«Glaubst du, man dürfte ein weibliches Wesen so ins Unglück stürzen? Und überhaupt: sind verheiratete Lehrer besser? Lehrer sind und bleiben Lehrer», sagt Claudio.
«Man darf nicht alle in einen Topf werfen, es gibt auch Ausnahmen», widerspricht Hans-Martin.
«Aber die bestätigen die Regel.»
Schliesslich einigen sie sich mehr oder weniger auf Florians Ansicht, Lehrer seien ein notwendiges Übel.
Als Sabine von ihrer verehrten Frau Schwarzenberger, der Flötentante, zu schwärmen beginnt, fängt Ibrahim zu Florians Freude vom neuen Trainer des Fussballclubs Grün-Weiss an.
Kurz vor sechs Uhr – nachdem Hans-Martins Nobel-Delikatesse schon längst verzehrt ist – taucht die Frage nach dem Essen auf.
Es bilden sich zwei Gruppen. Claudio, Florian und Ibrahim sind für die Spaghetti zuständig; Gabi mit Hans-Martin und Bine für die Schoko-Mousse. Sie liest aus ihrem Kochbuch vor: «200 Gramm dunkle Schokolade in vier Esslöffeln heissen Wassers vollständig auflösen. Ein Viertelliter Schlagrahm ohne Zucker steif schlagen ...»

«Wo habt ihr das Salz?» ruft Claudio.
«Dieses Rezept ist für vier Personen. Wir machen alles doppelt. In zwei Schüsseln. Dann haben wir sicher genug», gibt Gabi bekannt.
«Au! Ich hab mir in den Finger geschnitten», schreit Ibrahim und lässt die Knoblauchzehe fallen.
Sechs Köche, die gleichzeitig Zwiebeln schälen, Eigelb vom Eiweiss zu trennen versuchen, Schokolade schmelzen, Spaghetti kochen, Kaffeepulver und Schlagsahne mischen, Tomatenpüree- und Pilzbüchsen öffnen, mit dem Zeigefinger ständig probieren müssen, ob die Sauce genug gewürzt oder die Mousse gezuckert sei.
So wohl war es Florian noch nie in seiner Küche.
Mit viel Geschrei, Gelächter, Gepuffe, einem ungeheuren Aufwand an Messern, Löffeln, Kellen, Schneebesen und Schüsseln sind nach einer knappen Stunde die ‹Spaghetti Florianese› fertig.
Da ruft Hans-Martin, dem der chaotische Betrieb offensichtlich gefällt: «Die Schoko-Mousse können wir nicht essen. Im Kochbuch steht: ‹Mindestens 24 Stunden in den Kühlschrank stellen. Erst dann mit Sahne oder Zuckerblümchen garnieren.›»
Der Schlusssatz aus Meyers 2500 internationalen Rezepten geht im Gelächter unter: «Schenken Sie diesen süssen Traum wirklich nur jemandem, der ihn verdient hat.»
Florian setzt in seinem Zimmer die Stereo-Anlage in Betrieb. Die Spaghetti-Orgie beginnt. Bine gibt sachkundig bekannt, die Teigwaren seien wirklich «al den-

te». Weder sie noch Florian sehnen sich nach Mutters Kartoffel-Gerichten.
Der Kampf mit den schlüpfrigen Teigwaren – bis sie auf die Gabel gewickelt sind und mit viel Geschlürfe und Geschmatze im Mund verschwinden – bereitet höchstes Vergnügen.
Die vollen Bäuche erheben sich und machen es sich in Florians Zimmer bequem. Zeit für das Dessert.
Gabi serviert ihr Meisterwerk.
«Mmm! Absolute Spitze!» Claudio lässt geniesserisch die Creme auf der Zunge zergehen. «Fein! Dürfte nur noch ein bisschen luftiger sein.»
Ein stechender Blick von Gabi trifft ihn.
«Ich finde es ausgezeichnet», sagt Ibrahim. «Wir sind schliesslich hier nicht im ‹Chez Moritz›.»
«Meine Mutter macht die Mousse noch etwas rahmiger», bemerkt Hans-Martin.
«Ich kann die zweite Portion für euch schon luftiger schlagen.»
«Bitte, Fräulein, sonst müssen wir nächstes Mal ein anderes Lokal aufsuchen.»
Gabi sammelt die Teller ihrer Kameraden ein und verschwindet mit Bine in der Küche. Von dort dringt nur hie und da ein helles Gelächter durch die Musik.
Nach etwa fünf Minuten tragen die beiden den zweiten, verbesserten Gang des Desserts auf.
Unter grossem Hallo erhebt sich die Männergesellschaft: «Das sieht ja ganz anders aus. Das ist Schoko-Mousse!»
In der Schüssel befindet sich eine richtig luftig-blub-

bernde braune Masse mit weissen Sahnestreifen zwischen üppigen Blasen, in denen sich Florians Zimmer wiederspiegelt.
Die Teller werden grosszügig gefüllt. Gabi und Bine haben noch von der ersten Portion, schöpfen aber ebenfalls etwas nach.
Hans-Martin ruft: «Super! Ich hab ja schon einmal gesagt, was im Kochbuch steht: ‹Schenken Sie diesen Traum nur jemandem, der ihn ver...›»
Claudio verzieht den Mund: «Eigenartig. Schmeckt wirklich ganz anders. Ist das etwa...?»
Florian und Hans-Martin erstarren.
Die beiden Köchinnen halten sich die Bäuche vor Lachen.
Sie geben ihr neues Rezept bekannt: «Zwei, drei Spritzer vom Geschirrspülmittel genügten, um das Ganze etwas luftiger zu machen.»
Und Bine kam auf die Idee, die Creme mit einer andern Mousse zu strecken und zu verfeinern. Für Hans-Martin sei sie ja zu wenig rahmig gewesen.
Bine holt aus der Küche Vaters Rasiercreme. Auf der Dose steht gross ‹Mousse à raser›.
«Jetzt habt ihr das Gewünschte. Guten Appetit, meine Herren!»
«Ihr Hexenweiber!» ruft Claudio und fährt mit zwei Schoko-Abwasch-Rasier-Moussefingern Bine über das Gesicht. Und Hans-Martin, der sonst so schüchtern brave, streicht Gabi in einem Mut-Anfall einen Schaumtupf auf die Nase.
Bald sind alle verschmiert.

Gabi und Bine essen ihre Original-Meyer-2500-Portion mit den Fingern geniesserisch zu Ende und verteilen die veredelte Mousse auf den Gesichtern der Kritiker.

«He, stellt die Musik leiser! Ruhe! Es poltert jemand an die Tür!» ruft Florian.
Jetzt hören alle neben dem Klopfen auch die Wohnungsglocke Sturm läuten.
«Bine, geh du», sagt Florian.
«Nein, es ist dein Fest. Du hast Geburtstag.»
Vor der Tür steht Herr Eberhard, höchst erregt.
«Wir sind hier nicht in einem Irrenhaus!»
«Sie haben recht», sagt Florian.
«Was habe ich?!»
«Wir sind nicht im Irrenhaus.»
Der Mann vom oberen Stockwerk schaut mit starrem Blick auf Florians braunverschmiertes Gesicht.
«Wir feiern Geburtstag. Den zwölften. Oder dreizehnten.»
Florian spürt, dass jetzt der bekannte Satz von ‹Nachtruhestörung, Hausverwaltung und Polizei› fällig ist. Er kommt Herrn Eberhard zuvor und sagt freundlich: «Wir machen etwas leiser. Entschuldigung.» Und schliesst die Tür.
Die Musik, die vorher fortissimo dröhnte und kurzfristig auf piano zurückgedreht war, ertönt wieder forte und bildet einen guten Hintergrund zur allgemeinen Wasch-, Abwasch- und Aufwaschaktion.
Bei dieser Tätigkeit geht Gabi mit dem Kristallklar-Spülmittel – wegen der Gewässerverschmutzung –

eher sparsamer um als bei der Schoko-Mousse-Verfeinerung.
Weil diese Arbeit wieder appetitanregend wirkt, erinnert sich die gutgelaunte Gesellschaft des Mandel-Pistazienkuchens, der nach Entfernung der schwarzen Kruste besser mundet, als er aussieht.

Das Fest endet mit dem feierlichen Auszug der Gäste. Sechsstimmig tönt es im Treppenhaus: «Pscht! Leise! Macht nicht so viel Krach! Hier ist kein Irrenhaus!»
Erschöpft und glücklich ziehen sich Bine und Florian zurück. Sie verwischen so gut es geht die Spuren des Gelages. Nur die nass-braun-verschmierten Handtücher im Wäschekorb sind ein Indiz für das turbulente Geschehen.
Im Zimmer steht noch unausgepackt die Flasche, die Claudio mitgebracht hat. Florian ist nicht wenig erstaunt, als er das Geschenkpapier wegreisst: ‹Sciroppo di menta. Prodotto d'Italia.› Giftig grün. Sein Lieblingsgetränk.
Wie gut, einen Freund zu haben, der sich daran erinnert, dass Florian irgendwann einmal von seinem Pfefferminzsirup geschwärmt hat.
Und wie schön, Geburtstag zu feiern!

VI

Florian entdeckt bei sich ein neues Gefühl. Er freut sich auf den Beginn der Schule. Früher waren die Ferien grundsätzlich zu kurz. Diesmal ist es anders: er kann den Montagmorgen kaum erwarten. An diesem Tag findet die Singstunde statt. Dort wird er SIE sehen. Dieser Gedanke überstrahlt alles, was das letzte, schwere Quartal bei Lehrer Schertenleib bringen wird. Diese Helligkeit vertreibt sogar die traurigen Aussichten auf die Übertrittsprüfung.
Manchmal denkt er: ‹Denen will ich es zeigen. Dem Schertenleib, den Eltern und Pate Konradin, der mich gestern gefragt hat, ob ich nach den Sommerferien ins Gymnasium eintrete, und der mich entgeistert ansah, als er vernahm, ich würde sehr wahrscheinlich die Realschule besuchen. So viel gescheiter als ich wird die Bine auch nicht sein. Wenn ich mich zusammenreisse. Wenn…›

Das neue gute Gefühl verfliegt in der Schule rasch. Gleich zu Beginn gibt Schertenleib bekannt, dass die Gesangsstunde heute ausfallen müsse.
Und sofort fängt der gewohnte Trott wieder an: «Ein

Reservoir wird durch eine Zuleitung, die in der Minute 28 Liter liefert, in 5⅘ Stunden gefüllt. Wie lange dauert es, wenn die Röhre 29 Minutenliter lieferte?»
In der grossen Pause inspizieren die Schüler das Ausgrabungsfeld. Ein kleiner Teil wurde bereits wieder zugeschüttet, der erst kürzlich freigelegte ist mit Zeltblachen überdeckt, zum Schutz vor Regen und Sonne. Noch etwas anderes zieht die Aufmerksamkeit von Florian und seinen Freunden auf sich: An der Pestalozzistrasse, ganz nahe bei der grossen Linde, sind zwei schwere Bagger am Werk. Sie reissen das Trottoir und einen etwa anderthalb Meter breiten Streifen der Schulhauswiese auf.
«Suchen die auch unter der Strasse Knochen und Münzen?» fragt Claudio.
«Vielleicht müssen die römischen Telefonleitungen ersetzt werden», meint Ibrahim.
«Ich glaube eher, die Strasse wird verbreitert», vermutet Hans-Martin.
«Und der Baum?» Florian erschrickt. «Wird der etwa...?»
Florian beabsichtigt schon lange, einmal unbemerkt ein E und ein F in die Rinde zu ritzen; diese schönsten Buchstaben, die sich so ähnlich sind und im Alphabet direkt nebeneinander stehen.
Die Linde bedeutet ihm viel. Seit er in die Schule geht, hat er eine besondere Beziehung zu diesem Baum. Oder der Baum zu ihm. Er bietet Schutz. Er spendet Schatten und Sicherheit. Im Sommer strömt von ihm ein herrlicher Duft aus. Und manchmal wirken die

mächtigen Äste, die sich wirr verzweigen, unheimlich. Furchteinflössend.
Die vier verlassen das Schulhausareal, um die neue Baustelle zu besichtigen. Kleinere Schüler schauen fasziniert zu, wie die stählernen Zähne der Bulldozer sich in die Erde fressen.
Claudio fragt einen Arbeiter, dessen Tätigkeit darin besteht, zuzuschauen, wie die andern arbeiten: «Was wird hier eigentlich gemacht?»
«Ein Fahrradstreifen.»
«Warum macht man den nicht auf der Strasse? Die ist ohnehin viel zu breit.»
«Das geht nicht; Strassen werden nicht verkleinert. Der Verkehr wird immer grösser.»
«Und der Baum?» will Florian wissen.
«Der soll stehen bleiben. Wenn es geht.»
Aus weiter Ferne erinnert die Schulhausglocke die vier an ihre Pflichten. Sie eilen um die abgegrenzte Wiese, vielmehr um das Gräberfeld herum zum Pausenplatz, wo sie Herr Schertenleib empfängt. Er hat heute Aufsicht.
«Ihr wisst, dass man während der Pause das Schulareal nicht verlassen darf. Und schon gar nicht, um zum Kiosk zu gehen.»
«Wir waren nicht am Kiosk», sagt Claudio.
Der Lehrer blickt auf Ibrahim, Claudio und Florian, die offensichtlich Kaugummi kauen, während Hans-Martin vor Schreck seinen verschluckt, als ihn Schertenleib prüfend anschaut.
«Wer's glaubt bezahlt einen Taler», brummt der Lehrer.

«Sie können die Kioskfrau fragen. Wir waren nicht dort. Bekommen wir dann einen Taler?» fragt Florian.
«Hopp, ins Klassenzimmer!»
Typisch Schertenleib. Er hat immer recht. Und wenn er einmal nicht recht hat, wechselt er elegant das Thema.

Am Nachmittag ist der Platz links neben Florian leer. Die Schüler füllen ein Arbeitsblatt aus über den Kanton Tessin. «Die Sonnenecke der Schweiz». Florian fragt sich, woher diese Bezeichnung stamme. Er war schon zweimal dort: Das erstemal sah er fünf Tage lang überhaupt keine Sonne, das zweitemal wurde das Auto im Onsernonetal fast weggeschwemmt. Unvermittelt fragt Herr Schertenleib, ob jemand wisse, wo Ibrahim sei.
«Keine Ahnung. Heute morgen war er noch da.»
«Das habe ich auch bemerkt», gibt der Lehrer etwas pikiert zurück.

Am Dienstag morgen findet das Verhör statt: «Ibrahim, wo bist du gestern nachmittag gewesen?»
«Ich war mit meinem Onkel auf dem Flughafen.»
«Was hast du dort gemacht?»
Die Klasse hört gespannt zu.
«Geschaut, wie er abgereist ist. Er flog nach Beirut zurück. Mein Vater und meine Mutter mussten arbeiten, deshalb begleitete ich ihn.»
«Du weisst doch genau, dass dies kein Grund ist, die Schule zu schwänzen. Du sagst, deine Eltern hätten ar-

beiten müssen. Das gleiche gilt für dich. Die Schule ist deine Arbeit. Da kannst du nicht einfach fernbleiben. Und wenn schon, müsstest du mich vorher fragen.»

Herr Schertenleib stellt sich in Positur. Er hat den Schülern etwas Grundsätzliches mitzuteilen: «Alle mal herhören!»

Diese Aufforderung ist überflüssig, denn es ist im Klassenzimmer mucksmäuschenstill.

«Also. Ich sage es noch einmal für alle: In der Schule darf man nur fehlen 1. wegen Krankheit, 2. wenn jemand zum Arzt oder Zahnarzt muss, und 3. wegen einer wichtigen familiären Angelegenheit, das sind Hochzeitsfest oder Beerdigung eines nahen Verwandten. In allen andern Fällen müsst ihr mich zuerst fragen, oder die Eltern sollen ein Gesuch an die Schulbehörde schreiben. Ist das klar? Mit einem Onkel auf den Flughafen gehen, das ist kein echter Grund. Das gibt eine unentschuldigte Absenz und wird ins Zeugnis eingetragen. Ist das klar?»

Die Wiederholung dieser Frage ist nicht als Frage gemeint, sondern die deutlich formulierte unverrückbare Feststellung: So gilt es. Punkt. Schluss. Keine Diskussion.

In der anschliessenden Lektion über den Tourismus im Tessin macht die Klasse nicht besonders eifrig mit. Claudio hätte zwar gerne gefragt, worin der Unterschied bestehe zwischen den Ausländern, die im Tessin ein Haus oder ein Luxusappartement besitzen, und denen, die als Flüchtlinge nicht in der Schweiz bleiben dürfen. Aber da ihm die Antwort im Grunde genommen klar ist und er sich nicht auf eine Diskussion mit Herrn Schertenleib einlassen will, malt er lustlos, wie seine Kameraden, am Ende der Stunde den Lago Maggiore und den Lago di Lugano blau aus.

Am Mittwochmorgen um halb neun, mitten in der Grammatikstunde – es werden gerade die Möglichkeitsformen geübt: Wie wäre es wenn ... – ertönt von draussen ein durchdringendes Geräusch, ähnlich dem Turbobohrer des Zahnarztes; ein giftig hoher Ton, manchmal etwas abschwellend, dann wieder hochtourig aufheulend.
Alle Schüler blicken aus dem Fenster, sehen aber nichts Auffallendes. Wegen der Ausgrabungen und dem Strassenbau haben sie sich an die pickelnden und schaufelnden Arbeiter gewöhnt. Aber so hat es noch gar nie getönt.
«Aufpassen!» Herr Schertenleib will mit den Übungen weiterfahren. «Wie wäre es, wenn ich eine Million ...?»
«Bekommen würde», sagt Irma.
«Kürzer!»
«Hätte.»
«Mach einen ganzen Satz!»
«Das wäre prima!»
«Nein!»
«Doch, das wäre ...», protestiert Irma.
Aber bevor die Konjunktiv-Auseinandersetzung weitergehen kann, ruft Ibrahim: «Der Baum!»
Neunzehn Köpfe drehen sich. Auch der Lehrer blickt gebannt hinaus: Die mächtige Linde an der Pestalozzi-

strasse, Florians Lieblingsbaum, neigt sich zur Seite und fällt federnd zu Boden.
Mit dem Konjunktiv ist es vorbei.
«Die sind verrückt! Der schöne Baum! Warum wird der umgehauen?» fragen die Schüler.
Herr Schertenleib legt das Übungsbuch auf sein Pult.
«Das verstehe ich nicht...»
Weil er es gewohnt ist, für alles eine Erklärung bereit zu haben, fügt er hinzu: «Sehr wahrscheinlich stand die Linde der Verbreiterung im Weg oder – vielleicht war sie krank.»
Florian, Ibrahim und Claudio protestieren: «Nein, wir sprachen gestern mit einem Arbeiter. Er sagte, der Baum bleibe stehen.»
Hans-Martin nickt bestätigend.
«Vielleicht weiss der Hauswart mehr. Ihr könnt in der Pause Herrn Faustinelli fragen.» Und sozusagen als Trost fügt er hinzu: «Man wird sicher anstelle dieser alten Linde an einem andern Standort eine neue pflanzen.»
«Aber», ruft Gabi dazwischen, «wir lernten einmal ein Gedicht, in dem es hiess, ein Baum brauche zum Wachsen hundert Jahre; umgehauen sei er Null Komma plötzlich.»
«Richtig.»
«Wie alt ist diese Linde überhaupt?» will Irma wissen.
«Du kannst nach der Schule die Jahrringe zählen. Aber jetzt zurück zu unserem Konjunktiv: Wie wäre es, wenn...»

In der Pause bestürmen die vier, auch Gabi und noch andere Kameraden, den Hauswart: «Konnten Sie es nicht verhindern? Warum macht man einen so schönen Baum kaputt?»
Als Trost bekamen sie zu hören, dies sei nicht geplant gewesen. Und alles habe zwei Seiten: «Diese Linde verliert im Herbst jeweils unheimlich viel Laub. Auf dem nassen Strassenbelag ist das für Autos und Fahrräder sehr gefährlich. Wer darf die Blätter auf dem Rasen zusammenrechen? Das macht natürlich der Hauswart. Ich! Wer sonst?»
Die Schüler begeben sich zum Tatort. Schon von weitem sehen und hören sie die drei Arbeiter das Zerstörungswerk fortsetzen. Mit der ohrenbetäubenden Säge werden die grossen Äste abgeschnitten. Ein trauriger Anblick. Auch ohne forstwirtschaftliche Sachkenntnis ist ersichtlich: der Baum war kerngesund. Im wortwörtlichen Sinn: der fast ein Meter dicke Stamm hat keinen nassen, verfärbten Kern.
Florian blickt auf seinen Baum, der hilflos immer noch Zweige in die Höhe streckt. Vielleicht ist es gut, dass ich nichts in die Rinde geritzt habe, denkt er. «Aber...», wendet er sich an einen der Arbeiter, «wieso haben Sie diese prächtige Linde doch umgehauen?»
«Der Bagger hat von der Strassenseite her die Wurzeln beschädigt. Der Ingenieur fand das Risiko zu gross. Bei einem Sturm hätte der Baum auf die Fahrbahn stürzen können. Zudem entspricht der Abstand zum Fahrradstreifen nicht den gesetzlichen Bestimmungen. Ich finde es auch schade.»

«Da steckt Absicht dahinter», sagt Gabi.
Claudio nickt. «Die Linde war denen im Weg. Eine beschädigte Wurzel, mehr als zwei Meter vom Stamm entfernt, deswegen verliert ein solcher Baum seinen Halt nicht. Wir müssen etwas unternehmen!»
«Da gibt es nichts mehr zu unternehmen. Was willst du machen, nachdem der Patient gestorben ist?»
Auf dem Heimweg kommt Claudio die Idee: «Wir machen eine Protestaktion!»
Florian lacht: «Jetzt kommst du doch noch zu einer Demonstration. Aber woher nimmst du den Stoff für das Spruchband?» Er erinnert ihn an den Schülerwiderstand gegen die Umgraberei für den Naturgarten, der damals nicht zustande kam.
Ibrahim lässt nicht locker. «Diesmal machen wir eine richtige Demo. Mit einem Umzug. Wir brauchen ein Megaphon. Unrecht darf nicht schweigend hingenommen werden. Wer sich nicht wehrt, lebt verkehrt. Vielleicht kommt die Tagesschau. Und Pressephotographen.»
«Und der Bundespräsident», spottet Gabi, fährt aber ernsthaft weiter: «Wir könnten doch als Klasse einen Brief an unsere Lokalzeitung aufsetzen. Das wäre ein echter, aktueller Schreibanlass, statt der ewigen Nacherzählungen, Bildergeschichten und Sprachübungen. Wir fragen morgen den Schertenleib.»
Der Vorschlag findet allgemeine Zustimmung, auch wenn er für Claudio zu wenig ‹action› enthält.
«Besser als gar nichts», meint er trocken.

Der Nachmittag verstreicht für Florian langsam und trostlos.
«Warum höre ich von Eva nichts? Sie könnte mich wenigstens anrufen. Oder eine Karte schreiben. Oder bilde ich mir nur ein, dass sie mich mag? Und Toni? Der ist halt älter. Und besucht die Sekundarschule. Und jetzt noch die gefällte Linde. Mein schönster Baum.»
Eigentlich sollte Florian sein Rechenheft in Ordnung bringen. Zwei Seiten hat er abzuschreiben, weil er die Bruchstriche nicht waagrecht gemacht hat, sondern schräg. Die gefallen ihm einfach besser.
«In den Geschäften heisst es doch: Aktion. Alles zum ½ Preis», hat er dem Lehrer zu erklären versucht.
Das sei altmodisch, bekam er zur Antwort, und zudem müsse er in der Oberstufe, wenn er mit langen Zahlen- und Buchstabenreihen zu rechnen hätte, ohnehin mit dem Lineal einen waagrechten Bruchstrich ziehen.
«Das kann ich – wenn es nötig ist – später immer noch», wollte Florian seine Schreibweise verteidigen. Aber der Lehrer fand, hier gehe es nicht um persönliche Vorlieben, sondern um ein Prinzip, und strich die zwei Seiten von unten links nach rechts oben mit dem Rotstift durch. Ohne Lineal.
Also schreibt Florian, wie es sich gehört:

$\frac{2}{3} + \frac{5}{6} = \frac{4}{6} + \frac{5}{6} = \frac{9}{6} = 1\frac{1}{2}$

$\frac{19}{20} + \frac{17}{25} = \frac{95}{100} + \frac{68}{100} = \frac{163}{100} = 1\frac{63}{100}$

$6\frac{13}{25} + 9\frac{3}{4} = 6 \ldots$

Nach einer Seite hält er es nicht mehr aus. Er muss mit jemandem reden. Claudio kommt nicht in Frage. Er hat am Mittwochnachmittag Training. Und Hans-Martin ist für seine jetzige Verfassung nicht der richtige Gesprächspartner.
Also auf zu Ibrahim!
Er trifft ihn beim Aufgabenmachen. Verbesserungen im Deutschheft. Ibrahim lässt sich gerne stören.
Die beiden fahren mit ihren Rädern Richtung Pestalozzistrasse. Es ist nicht Heimweh nach dem Schulhaus, was sie magnetisch anzieht. Sie wollen sehen, was der Baum macht. Genauer, was mit ihm gemacht wird.
Das Zerstörungswerk ist weiter vorangeschritten. Der Stamm liegt nackt da. Er sieht gar nicht mehr so mächtig aus. Die grösseren Äste werden zersägt, die feineren Zweige auf zwei riesige Haufen geworfen.
Die beiden bücken sich zur Schnittfläche am Stamm und beginnen, die Jahrringe zu zählen.
«92», sagt Ibrahim.
«Nein, 83!»
Wenn es sich nicht um eine so traurig-ernste Angelegenheit handelte, würden sie in Gelächter ausbrechen, weil sie nicht zum gleichen Ergebnis kommen.
Nach mehreren Durchgängen mit je anderen Zahlen einigen sie sich auf 87.
«Dieses Alter!»
«Das ist kriminell, was die machen», sagt Florian.
«Kannst du dich an das Theater erinnern, vor einem Jahr, wegen der paar Blumen?»
Florian weiss nicht, wovon Ibrahim spricht.

«Ich habe doch zum Geburtstag meiner Mutter bei der Bus-Haltestelle im Blumenbeet einen wunderbaren Tulpenstrauss gepflückt. Jemand muss mich beobachtet und bei Schertenleib verpfiffen haben. Ich durfte zur Strafe für Faustinelli zwei Nachmittage in den Schulhausanlagen jäten. Das macht pro Tulpe etwa eine Stunde! Ein paar Blümchen abreissen ist ein Vergehen. Und hier wird der schönste Baum einfach umgehauen. Niemand wird dafür bestraft.»
Während die beiden über die Ungerechtigkeit in der Welt nachsinnen, taucht in Florians Kopf ein verschwommenes Bild auf. Er sieht einen Marathonläufer mit einem Lorbeerkranz daherrennen. Das ist doch die berühmte Geschichte mit einem …
«He, träumst du?» holt Ibrahim seinen Freund wieder in die Wirklichkeit zurück.
«Äh, nein. Wir müssen etwas unternehmen.»
«Klar! Ein Brief an die Zeitung ist das allermindeste.»
Florian pedalt gedankenversunken hinter Ibrahim her. An der Ecke vor dem Lebensmittelgeschäft stehen ein paar Klassenkameraden. Irma, Daniel und noch einige andere schlecken Eis.
«Wo kommt ihr her?» werden die beiden empfangen.
«Wir waren bei der Linde. Die wird jetzt zerstückelt.»
«Pech für sie», sagt Daniel.
«Das gibt gutes Cheminéeholz», meint Irma.
Ibrahim und Florian holen sich ein Eis. Die Abkühlung tut gut.
Das Gespräch dreht sich um die neue Jeans-Mode mit

den dreiviertellangen Ärmeln und den Torhüter vom FC Grün-Weiss.
Florian schleckt geistesabwesend seine Pistazienglace und verabschiedet sich bald.
Das Bild des Kriegers mit dem Lorbeerkranz – oder war es gar kein Lorbeerkranz? – spukt ihm im Kopf herum.
Hat er darüber kürzlich etwas gelesen? Oder war es in einem Film? Oder in der Schule?
Obschon Florian keine Ursache hat, sich zu beeilen, tritt er heftig in die Pedale. Normalerweise pressiert er nicht, um sich zu Hause hinter die Aufgaben setzen zu können.
Jetzt treibt ihn eine fast unheimliche Unruhe. Oder läuft ihm die Idee davon, von der er ein Bruchstück gesehen hat?
Es war gar kein Marathonläufer! Er trug doch ...
Florian rennt das Treppenhaus hoch und fällt buchstäblich mit der Tür in die Wohnung.
«Warum so stürmisch?» begrüsst ihn die Mutter.
Er keucht. «Natürlich! Die Linde in Freiburg!»
Die Mutter wird nicht klug. Schon gar nicht, als ihr Sohn rechtsumkehrt macht und ruft: «Nur eine halbe Stunde!»
Er verschwindet treppab.
Wenn das gelänge! Warum ist mir dies nicht schon früher in den Sinn gekommen? Ich erzähle niemandem etwas davon. Damals hat es geklappt.
Im Intercitytempo verfliegt der Nachmittag.
Wieder zu Hause, werden nach drei Viertelstunden

die restlichen Bruchrechnungen mit dicken und grosszügig langen waagrechten Strichen versehen. Dazwischen wandert sein Blick immer wieder zum Fenstersims. Es muss gelingen!

Donnerstag morgen. Zimmer sieben im Pestalozzischulhaus. Der Rhonegletscher an der Wand neben der Tür zieht sich immer noch graublau aus dem Genferseegebiet zurück.
«Nehmt das Sprachübungsbuch Seite 128.»

> Schreibanlässe
> a) Dankbrief an Onkel für Geburtstagsgeschenk
> b) Bitte einen Freund, der weggezogen ist, dir das ausgeliehene Buch zurückzuschicken
> c) Frage eine Tante im Welschland, ob du eine Woche zu ihr in die Ferien kommen darfst.

«Die Situationen sind klar. Wählt zusammen mit dem Banknachbarn eine aus. Stellt sie euch genau vor und formuliert gemeinsam einen Brief!»
«Mein Onkel gibt mir nie etwas zum Geburtstag», sagt Irma. «Und Bücher leihe ich keine aus.»
«Du stellst dir die Angelegenheit in der Phantasie vor, wie es wäre, wenn …»
Ibrahim und Florian sind bald in einem intensiven Gespräch. Aber nicht über das gestellte Problem, son-

dern über einen anderen Brief, den sie der Lokalzeitung schicken wollen.
Schertenleib, der im Zimmer herumschleicht – wie eine seltsame Mischung aus Gefängnisaufseher und treuherzig verschlafenem Bernhardinerhund –, bleibt zwischen Florian und Ibrahim stehen.
«Welchen Fall habt ihr ausgewählt?» fragt er misstrauisch freundlich.
«Wir möchten einen andern Brief vorschlagen. Für die ganze Klasse. Einen aktuellen. Wir könnten alle zusammen einen Leserbrief an die Zeitung verfassen, wie schade es um die Linde an der Pestalozzistrasse ist...»
«Und fragen», fährt Ibrahim weiter, «warum die Erwachsenen das ungestraft tun dürfen.»
Gabi nickt und gibt laut ihre Zustimmung bekannt. Andere Schüler sind der gleichen Meinung.
«Ruhe!» Nach kurzem Überlegen sagt der Lehrer: «Ich finde dies eine gute Idee. Aber...», er atmet hörbar ein, «es ist nicht Sache der Schule, sich hier einzumischen.»
«Warum geht das uns Schüler nichts an, wenn auf dem Schulhausgelände ein alter, gesunder Baum zerstört wird. Aus Dummheit, oder weil er gewissen Leuten nicht passt?» meldet sich Claudio.
«Langsam, langsam! So einfach ist die Sache nicht.»
Herr Schertenleib scheint sich nicht wohl zu fühlen. Vielleicht ist ihm die Situation zu heikel. Er versteht zwar seine Schüler. Schliesslich will er aber als strebsamer junger Lehrer mit seiner Behörde auf keinen Fall

in Konflikt geraten. Nächstens möchte er definitiv angestellt werden.
«Es steht euch frei, ausserhalb der Schule einen Brief an die Zeitung zu schreiben. Das darf jeder. Aber während der Schulzeit müssen wir uns», seine Stimme klingt zunehmend sicherer, er hat wieder festen Boden unter den Füssen, «an den Stoffplan halten. Das sind die Dinge, die ich euch zu lehren habe. Also zum Beispiel Schreibanlass a), b) oder c). Und jetzt wieder an die Arbeit!»
Ibrahim und Florian bleibt nichts anderes übrig, als in den sauren Apfel, beziehungsweise Schreibanlass zu beissen. Mühsam bringen sie etwas zu Papier:

> Lieber Onkel,
> nochmals vielen Dank für Dein Geschenk
> zum vorletzten Geburtstag. Es hat mir grosse
> Freude gemacht. Darf ich Dir mitteilen, dass ich
> jedes Jahr, immer am 15. April, Geburtstag habe.
> Freundliche Grüsse Florian.

Ob dieser Dankbrief beim Lehrer gut ankommt, interessiert die beiden wenig. Aber die Sache mit der Zeitung!
In der Pause steht mehr als die Hälfte der Klasse zusammen.
«Jetzt müssen wir etwas unternehmen. Schertenleib hin oder her.»
Claudio bringt seine Lieblingsidee: eine Demonstration. Sie findet allgemein Zustimmung.

«Heute nach der Schule?»
«Geht nicht; ich muss in die Klavierstunde», sagt Hans-Martin.
«Und wir haben um halb sechs ein Volleyballturnier», ruft Irma.
«Warum muss das überhaupt ausserhalb der Schulzeit stattfinden? Es handelt sich um etwas, das unsere Schule betrifft. Wie wär's morgen nachmittag von drei bis vier?» fragt Gabi.
Daniel widerspricht. «Du spinnst, wenn wir nach der Pause verschwinden, gibt das Stunk. Du hast ja gehört, was Schertenleib über die Absenzen sagte. Der schreibt uns allen ein ‹Unentschuldigt› ins Zeugnis.»
«Und?!» Florian schaut auf Ibrahim, der diesbezüglich seine Erfahrungen gemacht hat. Das weckt in ihm eine Erinnerung: «Hallo, ich hab's! Schertenleib hat doch in seiner Standpauke deutlich erklärt, wir dürfen fehlen, wenn wir zum Doktor müssen, oder bei Krankheit, oder wegen wichtiger Familienangelegenheiten, z. B. Hochzeiten oder Beerdigungen.»
«Da liegt für uns nichts drin,» ruft Daniel dazwischen.
«Nur langsam!» Genüsslich verschmitzt fährt Florian fort, jedes Wort betonend, «Hochzeit oder Beerdigung eines nahen Verwandten. Er hat uns doch letztes Jahr – im Zusammenhang von Urgeschichte und so – lang und breit erzählt, alles was lebe, sei miteinander verwandt. Bäume, Blumen, Fische, Vögel, Affen, Menschen, alles sei vom gleichen lieben Gott gemacht worden. Merkt ihr etwas? Wenn dieser der Vater ist von allen, dann sind alle Lebewesen miteinander ver-

wandt. Das heisst: Die Linde an der Pestalozzistrasse gehört zu unserer Verwandtschaft. Und sie war uns erst noch sehr nahestehend. Frühzeitig ist sie gestorben. Heimlich wurde sie umgebracht. Wenn wir also an ihre Beerdigung gehen, sind wir alle entschuldigt.»
«Haut nicht», widersprechen einige, «ein Baum wird nicht beerdigt.»
Florian strahlt. «Das ist es ja gerade! Wir müssen eine Bestattung durchführen. Eine richtige Trauerfeier.»
Gabi hakt sofort ein. Sie ist begeistert: «Mit Musik und Reden. Und wenn der Schertenleib nachher fragt, wo wir gewesen seien, antworten wir ganz ehrlich: ‹Wir mussten gestern an die Beerdigung einer nahen Verwandten.› Damit sind wir entschuldigt.»
«Genau!»
«Aber», fragt Hans-Martin, «wo soll das Ganze stattfinden? Und – zu einer Bestattung gehört eine Leiche.»
«Kein Problem! Wir nehmen ein paar Äste oder Zweige. Wir verbrennen diese und vergraben die Asche. Wie bei einer Kremation. Einen passenden Ort werden wir schon finden. Am Waldrand oder so.»
«Gibt es auch ein Leichenmahl?»
«Wer setzt die Todesanzeige auf?»
Eine Idee jagt die andere und bringt wieder neue Fragen.
Der traurige Anlass macht sogar Spass!
Kurz vor Pausenschluss werden die Verantwortlichen bestimmt: Ibrahim, Florian, Gabi und Claudio sollen die Trauerfeier organisieren. Sie dürfen selbstverständlich noch weitere Helfer anfragen.

Nach längerem Hin und Her einigen sie sich auf den Termin und den Ort: Morgen Freitag, 14.30 Uhr, am Waldrand unterhalb des Weihers. Das heisst: Alle Vorbereitungen müssen noch heute durchgeführt werden.

Auf dem Weg ins Klassenzimmer sagt Hans-Martin, sein Vater habe einen supermodernen Fotokopier-Apparat. Man könnte bei ihm die Todesanzeigen vervielfältigen und sie dann unter die Schüler verteilen.

Während der Rechenstunde denkt Florian ständig an die schwarzumrandete Annonce. Wie sie aussehen soll, ist ihm klar. Nämlich so, wie alle Todesanzeigen aussehen: der oder die Verstorbene gross gedruckt, um das Ganze dicke schwarze Balken.

Aber was steht eigentlich in diesen Anzeigen?

Auf dem Heimweg haben die vier viel zu besprechen. Sie wollen sich um zehn vor eins bei Ibrahim treffen. Machen die Klassenkameraden überhaupt mit?

Florian sucht zu Hause die Tageszeitung, die ihn sonst nicht besonders interessiert.

«Falte sie wieder ordentlich zusammen», mahnt die Mutter, «du weisst, wie empfindlich der Vater ist. Er braucht am Abend sein heiliges Blatt.»

Florian findet bald eine ganze Seite voller schwarz eingerahmter Todes-Nachrichten. Diese reisst er heraus. «Ich brauche sie für die Schule.»

Die Mutter und Bine verstehen nicht, warum er sein Essen stumm herunterschlingt und sich mit der Bemerkung verabschiedet: «Ich komme heute später nach Hause. Wir müssen für morgen etwas vorbereiten.»

«Mach keine Dummheiten!» ruft ihm die Mutter nach. Sie ahnt nicht, was für ernste Angelegenheiten ihren Sohn umtreiben.

Gabi, die in ‹Sprache schriftlich› ein ‹Sehr gut› hat, schreibt den Wortlaut der Todesanzeige auf. Sie versucht aus dem Durcheinander der zum Teil wirren, frechen Ideen ihrer Mitschüler und den Zeitungsvorlagen eine überzeugende Formulierung festzuhalten. Beim nochmaligen Vorlesen sind alle mit dem Text einverstanden. Nur mit den Namen der trauernden Hinterbliebenen gibt es Probleme: Sollen die vier persönlich unterschreiben oder einfach hinsetzen: ‹Im Namen der 6. Klasse Schertenleib›? Sie einigen sich, den Lehrer nicht zu erwähnen und sachlich richtig zu schreiben: ‹Schüler aus dem Pestalozzischulhaus›.

Gabi wird nach vier Uhr die Anzeige sorgfältig tippen und bei Hans-Martin vergrössern und kopieren.

Ibrahim kümmert sich um die Hauptperson. Er wird ein paar Holzstücke der verstorbenen Linde herbeischaffen.

Claudio wird endlich die Gelegenheit haben, ein Spruchband zu malen, weil Gabi aus den Vorräten ihrer Schwester einen drei Meter langen schwarzen Stoffstreifen spendiert. Weisse Dispersionsfarbe, die sich zum Beschriften besonders gut eignet, ist ebenfalls vorhanden.

Nächster Treffpunkt um 17 Uhr bei ihr.

Florian hat die schwierigste Aufgabe. Er soll an der

Trauerfeier ein paar Worte sagen. Wenn er nicht wisse was, könne er den Pfarrer fragen.
Nach dem Abendessen wollen sie nochmals bei Gabi zusammenkommen.
Gute Ideen zu haben ist das eine. Sie in die Tat umsetzen etwas anderes. Vor allem, wenn immer wieder Zweifel auftauchen, ob die Einfälle wirklich gut sind.
Während der nachmittäglichen Schulstunden jedenfalls spürt Florian einen eigenartigen Druck auf dem Magen. Was wird der Lehrer sagen, wenn morgen um diese Zeit die halbe Klasse nicht erscheint?
Vielleicht wird die Beerdigungsaktion ein Flop, über den das ganze Schulhaus lacht!
Meint Florian nur, als er sich einmal nach hinten dreht, Gabi sei heute so bleich, und Ibrahim verhalte sich so still? Er, der doch sonst immer einen Grund hat, während der schriftlichen Arbeiten Florian etwas zu fragen. Nur Claudio blinzelt ihm aufmunternd zu.
«Vergesst die Hausaufgaben auf morgen nicht!» mahnt der Lehrer kurz vor Schulschluss.
Wenn er wüsste, was für Aufgaben auf die vier warten!

Erst am späten Abend kann sich das Beerdigungs-Team hinter die Konstruktionen der gleichschenkligen und gleichseitigen Dreiecke machen.
«So ein Stress!» seufzt Florian, als er um halb elf Uhr ins Bett sinkt. Dieses Hin- und Hergehetze! Von Ibrahim zu Gabi. Nachher zum Pfarrer, der ihm leider keinen passenden Text geben konnte. Im Beerdigungsbuch

hat es zwar einen Abschnitt ‹Für besondere Fälle›, aber der eignet sich nicht für Bäume.
Der Besuch war aber trotzdem nicht vergebens: Florian bekam den hilfreichen Rat, er solle nur wenig sagen. Je kürzer eine Rede, desto besser. Zum Beispiel ein Gedicht vortragen, und – das sei besonders wichtig – laut und deutlich reden. Ein Mitschüler könne vielleicht ein Instrument mitbringen und das Ganze musikalisch umrahmen.
Deshalb fuhr er schnurstracks zu Hans-Martin, der gerade am Klavierüben war und die Idee prima fand. Die ‹Träumerei› von Robert Schumann würde für diesen Anlass ausgezeichnet passen oder der Trauermarsch von Chopin. Oder das Largo von Händel. Das werde an Beerdigungen und Hochzeiten oft gespielt.
Florian brach nicht gerade in Begeisterung aus und fragte, wie denn ein Klavier an den Waldrand transportiert werden könne. Er nehme die Stücke in Stereo mit seinem Kassettengerät auf und spiele sie dann draussen ab, erklärte Hans-Martin.
An einem solchen Anlass müsse alles live sein; sonst könnte er seine Rede ebenfalls als Konserve laufen lassen, widersprach Florian. So einigten sie sich darauf, morgen noch jemanden anzufragen.
Vielleicht Sabine?
Vor dem Einschlafen wirft Florian einen zweifelnd-fragenden Blick zum Fensterbrett und lächelt zufrieden, als er nochmals die fotokopierte Todesanzeige überfliegt, die ihm Hans-Martin mitgab.

VII

Normalerweise ist eine Beerdigung ein trauriger Anlass.
Während des Zähneputzens am Morgen, als er zum x-ten Mal überlegt, was er am Nachmittag sagen will, poltert Sabine an die Badezimmertür. Statt zu schimpfen, ruft er die Schwester freundlich herein und erklärt ihr kurz sein Anliegen: «Wir brauchen jemanden, der um halb drei Uhr am Waldrand ein paar Musikstücke spielt. Wir machen eine Beerdigungsfeier für die gefällte Linde. Du könntest das prima. Machst du mit?»
Bine verzieht das Gesicht.
«Ich habe schon davon gehört. Du wärst also froh, wenn ich dort Flöte spielte. Höchst interessant! Jetzt plötzlich. Sonst redest du anders über meine Musik.»
«Aber Bine», fängt Florian an zu flöten, «du spielst doch so gut! Und zum Geburtstag hast du mir einen Gutschein geschenkt, den möchte ich heute einlösen.»
Er rennt in sein Zimmer und kommt mit der Karte zurück: «Eine Blockflötendarbietung irgendwo, irgendwann, mit freier Wahl der Stücke. Das ist für dich die Gelegenheit, deine Kunst an einem würdigen Anlass

vorzuführen. Vor grossem Publikum. Am Anfang etwas Feierliches, Trauriges. Vielleicht ein langsames Stück von da Vinci...»
«Du weisst genau, dass er ‹Vinci› heisst, ohne ‹da›.»
«Also zuerst ein langsames Stück von Leonardo ohne ‹da›, und nachher etwas Fröhlicheres, das allen gefällt.»
«Glaubst du, der Leonardo Vinci gefalle nicht allen, wenn ich ihn höchstpersönlich spiele?»
«Doch, sicher», lenkt Florian ein. Er will seine Schwester zum gegenwärtigen Zeitpunkt nicht auf die Palme bringen.
Was ist schlimmer: eine Rede halten, oder ein Diktat oder zwei Geographieprüfungen schreiben?
Über Mittag wird er seinen Text notieren. Dann kann nichts schiefgehen.
Bine sagt nicht nein, was bei ihr soviel wie ja bedeutet.
Ein erster Lichtblick für den heutigen Tag. Trotzdem macht sich Florian mit gemischten Gefühlen auf den Schulweg.
Vor der Abzweigung zur Pestalozzistrasse sticht ihm ein schwarz umrandetes Plakat in die Augen. Auf das Format A 3 vergrössert kann er an der Telefonkabine lesen:

TODESANZEIGE

Wir haben die traurige Pflicht, Ihnen mitzuteilen, dass am Mittwoch, den 22. April, die

LINDE

an der Pestalozzistrasse ermordet wurde. Sie starb im gesunden Alter von 87 Jahren wegen der Strassenverbreiterung.

In tiefer Trauer und Empörung
Schüler der Pestalozzischule

Die Beerdigungsfeier findet statt am Freitag, den 24. April um 14.30 Uhr am Waldrand unterhalb des Weihers. Die Trauernden sind anschliessend zu einem Leichenmahl eingeladen. Getränke und Esswaren bitte selber mitbringen.

Obschon Florian diesen Text gut kennt, erschrickt er: Jetzt gibt es kein Zurück.
Sein Gruss vor dem Schulhaus, ‹Ave Gabriela, Ave Ibrahim›, klingt anders als sonst. Die Hauptleidtragenden trauern zur Zeit weniger um den schmerzlichen Verlust des Lindenbaumes als vielmehr über ihren Mut, eine Feier zu veranstalten. Wer weiss, wie die Sache ausgeht?
Das Stimmungsbarometer sinkt noch tiefer, als Claudio auftaucht. Er macht eine zerknitterte Miene, als komme er gerade von einer Beerdigung: «Jetzt ist alles im Eimer!»
«Warum denn?» fragt Gabi.
«Das Spruchband ist alle.»

«Was hast du gemacht?»
«Einen Druckfehler. Und als ich ihn korrigieren wollte, wurde es noch schlimmer. Am Schluss war fast alles mit weisser Farbe versaut.»
«Was wolltest du überhaupt schreiben?»
«Reden wir lieber nicht davon! Da liegt ja das Problem. Und die Farbe war erst noch zu dünnflüssig.»
Gabi stichelt: «Mal doch das ganze Tuch weiss an. Das gibt eine schöne Tischdecke oder ein Leintuch.»
«Oder ein paar Abwaschlappen», sagt Florian.
«Furchtbar lustig!» wehrt sich Claudio und kitzelt sich unter dem Arm.
Ibrahim rettet die Situation: «Das ist gar nicht so schlimm. An einer würdigen Beerdigung trägt niemand ein Transparent. Du könntest aus dem nicht verschmierten Stoff kleine Streifen schneiden. Die stecken wir uns mit Sicherheitsnadeln an. Als Trauerabzeichen.»
«Keine schlechte Idee!» Claudio wird über Mittag möglichst viele Stücke schneiden und Nadeln mitbringen.

Die Trauerstimmung wird in der Schule noch verstärkt durch eine Geographie-Prüfung über den Kanton Tessin. Auf blinden Karten sollen mit Zahlen drei Flüsse, vier Täler und sieben Ortschaften eingetragen werden. Nummer 4: Val Calanca. Nummer 5: Val Verzasca. Nummer 6: Centovalli. Nummer 7: Misox. Nur nach dem Onsernonetal, das Florian kennt, wird nicht gefragt.
In der Pause ist die Lindenbeerdigung einziges Ge-

sprächsthema. Die Hälfte der Klasse will daran teilnehmen. Immerhin!
Ein weiterer Lichtblick: ein Schüler aus der Parallelklasse im Weidackerschulhaus – der lange Beda – hat Claudio seine Mitwirkung angeboten. Er wird auf seinem Bongo ein Solo trommeln.
Kommen noch andere aus Evas Klasse? Vielleicht sie selber? Das wagt Florian gar nicht zu denken.
Die Musik ist organisiert. Die Leiche wird auch vorhanden sein. Wenigstens ein Teil von ihr. Ibrahim hat gestern abend spät mit dem Veloanhänger ein paar Äste wegtransportieren können. Allerdings mit Schwierigkeiten: Zwei ältere Herren beobachteten ihn und fragten, was er im Sinn habe. Holzdiebstahl sei strafbar. Er erklärte, es sei für die Schule. Sie nähmen gerade die Linde und das Baumsterben durch. Da habe der eine ihm sogar geholfen, ein besonders schweres Stück aufzuladen. Mit der Bemerkung, es sei wirklich schade um diesen Baum. Und ein Unsinn, eine solche Prachtslinde zu fällen wegen einer Strassenverbreiterung.
«Hat er das wirklich gesagt?» fragt Gabi.
Ibrahim nickt. «Es gibt noch anständige Menschen auf dieser Welt!»

Nachmittag halb zwei Uhr. Bine sagt, sie hole noch ‹jemanden› ab. Florian wundert sich, wer dieser ‹jemand› sein soll.
Auch er bricht rechtzeitig auf. Unterwegs rufen ihm einige Fünftklässler zu: «Wir kommen auch an die Beerdigung.»

Schon von weitem sieht er eine Schar von Schülern am Waldrand.
Florian freut sich. Gleichzeitig überfällt ihn ein beengendes Gefühl. Ein Würgen im Hals. Er greift in die Tasche. Er will sich vergewissern, dass er das Manuskript seiner Rede bei sich trägt. Braucht er den Spickzettel überhaupt? Für alle Fälle. Sicher ist sicher.
«Wenn ich den Faden trotzdem verliere, was dann?» Er kommt nicht mehr dazu, sich solche Gedanken zu machen. Er nähert sich der feierlichen Stätte. Dem Tatort.
An Bäumen und Laternenpfählen sind die Todesanzeigen aufgehängt. Gabi und Hans-Martin haben ganze Arbeit geleistet.
Claudio verteilt schwarze Trauerbänder. Er steckt den Ankommenden die kleinen Stoffstreifen mit einer Nadel an.
Ibrahim hat den Holzstoss aufgeschichtet. Klägliche Überreste der prächtigen Linde.
Mehr als zwanzig Schüler stehen herum, und – das haben die Organisatoren nicht erwartet – eine ebenso grosse Anzahl von Erwachsenen.
Alle Ruhebänke sind besetzt. Vermutlich sahen diese älteren Leute die Plakate oder sind zufällig hier vorbeigekommen und unterbrechen ihren Spaziergang. Sie schauen neugierig dem Treiben zu. Einige fragen, was hier vor sich gehe.
Hans-Martin blickt aufgeregt auf seine Uhr. Er, der Pünktliche, sagt: «Es ist halb drei. Wir müssen anfangen.»

«Wir warten noch ein paar Minuten. Es kommen immer noch Trauergäste», finden Florian und Claudio.
Mit ein paar schweren Schlägen beginnt der lange Beda sein Trommelsolo, das sich virtuos steigert und traurig ausklingt.
Darf an einer Beerdigung geklatscht werden? Zaghaft applaudieren einige Zuhörer. Nach dem Adagio von Leonardo Vinci ist der Beifall schon stärker. So gut hat Florian das schwesterliche Flötenspiel noch nie gefallen.
Jetzt ist er an der Reihe. Ein paar Sätze im Badezimmer aufsagen war kein grosses Problem. Aber die gleichen Worte vor einem halben Hundert Zuhörer im Freien laut und deutlich aussprechen, ohne sich zu verhaspeln; nicht zu langsam und nicht zu hastig...!
Florian weiss nicht, wie er das zustande bringt. Aber es geht: «Wir sind hier zusammengekommen, weil die wunderschöne Linde an der Pestalozzistrasse umgehauen wurde. Das ist Mord an einem Baum. Das ist ein Skandal!»
Hier wird er das erste Mal durch Applaus unterbrochen.
«Wir sind traurig. Wir sind empört.»
Wieder Beifall.
Die Zustimmung beflügelt ihn. Er entfernt sich von seinem Manuskript: «Ein Freund von mir hat einmal zum Geburtstag seiner kranken Mutter in einer öffentlichen Anlage ein paar Blümchen gepflückt. Er wurde wegen dieser Untat zu fünf Nachmittagen Gartenarbeit auf dem Schulhausareal verknurrt.»

Ibrahim schmunzelt. Seine Mutter war damals gar nicht krank. Und die paar Blümchen sind schon eine leichte Untertreibung, als ob es sich um ein paar Vergissmeinnicht gehandelt hätte! Während die fünf Nachmittage leicht übertrieben sind: Es waren zwei.
Aber dies spielt jetzt keine Rolle. Die Trauergemeinde ist hingerissen und ergriffen, als Florian weiterfährt: «Wegen einer solchen Kleinigkeit wird ein Schüler hart bestraft, als ob er ein Verbrechen begangen hätte. Wegen eines Blümchens, das ein paar Wochen alt ist und von dem es im Nachbarbeet noch Hunderte gibt, macht die Schule eine Staatsaffäre.»
Wieder Applaus.
«Ein gesunder Baum, der nicht einfach ersetzt werden kann...» Florian blickt in die Runde und sieht – es ist keine Fata Morgana und kein Hirngespinst – SIE.
Leibhaftig steht sie da, neben einigen Kolleginnen aus dem Weidackerschulhaus, und schaut mit grossen Augen auf den Redner.
Eva ist gekommen! Sie bringt zustande, was die 49 andern Anwesenden nicht vermögen. Sie bringt Florian aus dem Konzept. Der angefangene Satz ist weg. Spurlos verschwunden. Florian denkt angespannt nach. Er blickt zu Boden.
Jetzt ist die Katastrophe da, geht es durch seinen Kopf. Er muss etwas sagen. Er atmet tief ein, und es tönt aus ihm: «Das ist einfach nicht recht, dass die Erwachsenen unsere Welt kaputt machen!» Grosser, langanhaltender Beifall.

Jetzt braucht er nur noch das Gedicht zu rezitieren. Zur Sicherheit liest er es vom Zettel ab:

> Zu fällen einen schönen Baum
> braucht's eine halbe Stunde kaum.
> Zu wachsen, bis man ihn bewundert
> braucht er, bedenkt es, ein Jahrhundert.

Mit Gepfeife und Klatschen werden diese Verse aus dem Schulbuch quittiert. Auch die älteren Anwesenden spenden Beifall.
Nach einem zweiten Flötensolo, einem Leonardischen Allegro con brio, beginnt Beda – völlig ausser Programm – zu trommeln. Florian steht immer noch unter dem freudigen Schock, dass Eva da ist. Es dauert deshalb eine Weile, bis er wahrnimmt, dass Bine mitspielt. Und wie! Völlig anders, als er es von seiner Schwester gewohnt ist.
Diesmal handelt es sich ganz gewiss nicht um ein Musikstück der verehrten Flötentante. Die zwei führen ein jazziges Duett auf, als ob sie schon eh und je miteinander gespielt hätten.
Florian staunt und ist stolz auf seine Schwester. «Zu-ga-be!» wird gerufen.
Ibrahim, der schon lange gerne das Feuer angezündet hätte, wartet nicht länger. So beginnt das endgültige Ende der armen Linde unter einer musikalischen Improvisation von Beda und Bine.
Eine eigenartige Mischung von Trauerfeier, Protestversammlung und Happening. Als die ersten anfan-

gen, an langen Stecken Würste im Feuer zu braten, wird es richtig gemütlich.
Eva kommt zu Florian: «Das habt ihr prima gemacht. Deine Rede war Spitze.» Zur Unterstützung des Lobs drückt sie mit der Hand seinen Oberarm. Florian durchschauert es vor Wonne. Er weiss nicht was antworten. Nach einer Weile sagt er: «Schön, dass du gekommen bist.»
Sie fährt fort: «Ich war richtig traurig, als ich am Mittwochabend die Linde am Boden sah. Übrigens – ich habe für dich ein verspätetes Geburtstagsgeschenk. Wenn es klappt. Wir sehen uns bald. Tschau!»
Florian schwimmt in Seligkeit. Auch sie ist betrübt über den Baummord. Sie bringt mir noch ein Geburtstagsgeschenk. Aber was soll das heissen: ‹Wenn es klappt?› Führt sie irgend etwas Spannendes im Schild?
Er kann nicht lange diesen schönen Gedanken nachhängen. Gabi winkt Florian zu sich. Sie steht – zusammen mit Claudio und Ibrahim – vor einem mit Fotoapparat bewaffneten Herrn.
«Das ist Herr Wanzenried. Er will einen Bericht über die Lindenbaum-Beerdigung schreiben. Er kommt von der Lokalzeitung.»
Florian hat vor Lampenfieber nicht beachtet, dass während des ersten Teils mindestens ein halbes Dutzend Mal geknipst worden ist.
Der Zeitungsmann möchte wissen, wer die Idee hatte und für die Durchführung verantwortlich ist.
Florian zuckt die Achseln: «Wir sind ein paar Sechstklässler von Herrn Schertenleib.»

«Hat der Lehrer euch die Anregung gegeben?»
«Nein, eigentlich nicht», sagt Ibrahim wahrheitsgetreu.
Und Claudio ergänzt: «Wir sind selber drauf gekommen. Wir finden es einfach nicht recht, das aus Dummheit Bäume gekillt werden. Nur damit die Autos noch mehr Platz haben und noch rücksichtsloser fahren können.»
«An der Pestalozzistrasse soll aber – soviel ich weiss – ein Fahrradstreifen gebaut werden», wendet Herr Wanzenried ein. «Das ist doch eine gute Sache.»
Die schlagfertige Gabi entgegnet: «Klar, aber warum wird nicht die Fahrbahn der Autos um zwei Meter verschmälert? Diese Strasse ist für ein Wohnquartier und in der Nähe des Schulhauses ohnehin zu breit. Etwas ist faul an der Sache. Ein Arbeiter hat uns gesagt, die Linde sollte eigentlich stehen bleiben. Plötzlich wurde sie umgelegt, weil ein Trax angeblich ihre Wurzeln beschädigt hat.»
«Ich will der Sache nachgehen. Auf jeden Fall: Was ihr gemacht habt, finde ich gut. Auf Wiedersehen!» Damit verabschiedet sich Herr Wanzenried.
Die Hauptleidtragenden mischen sich wieder unter die fröhliche, grosse Trauerfamilie.
Biskuits, Bratwürste, Schokoladestengel, Schinkenbrote, Limonaden und Caramels werden herumgeboten. Hier ein Biss, dort ein Schluck. Einfach herrlich.
Ein älterer Herr, der dem Geschehen wohlgefällig zuschaut, gibt Claudio eine Zwanzigernote mit den Worten: «Kauf damit Eis und verteil es unter die Schüler.»

Das lässt sich Claudio nicht zweimal sagen, bedankt sich und schwingt sich aufs Rad.
«Für mich ein Vanille!» ruft Florian. Und Sabine: «Für mich Himbeer!»
Claudio lacht und schreit zurück: «Nein, Lindenblüten mit Sägespänen passt besser!»

Kurz nach vier Uhr tauchen Irma und drei weitere Klassenkameraden auf. Ihre Gesichter verheissen nichts Gutes.
«Was hat Schertenleib gesagt?»
«Ihr hättet ihn sehen und hören sollen. ‹Das wird Konsequenzen haben›, hat er gedroht.»
«Was für Konsequenzen?»
«Ich habe ihm erklärt, dass ihr an einer Beerdigung teilnehmt. Irgendwoher hat er von eurem Vorhaben schon gehört. Er wusste sofort, was es für Folgen hat: Der Vermerk im Zeugnis, ‹Unentschuldigtes Fernbleiben von der Schule› und Meldung an den Inspektor oder den Schulvorstand.»
«Er soll nur, wenn es seiner Seele wohltut», bemerkt Gabi trocken.
Trotzdem dämpft diese Mitteilung die Feststimmung. Beda rettet die Situation, indem er sich auf den Boden setzt und wieder anfängt, Bongo zu spielen. Das ist für Bine ein Signal, nochmals ihr Instrument hervorzuholen.
Etwas zaghaft setzt sie ein. Aber schon nach wenigen Takten ist Bine voll drin. Sie nimmt den Rhythmus von Beda auf und steigert mit ihren Tönen das Tempo. Die

beiden nicken sich zu und spornen sich zu einem fetzigen Schluss an.
Die gar nicht traurige Trauerfeier geht offiziell zu Ende.
Der harte Kern der Leidtragenden hütet das kleiner werdende Feuer, bis nach zwei Stunden die herbeigeschafften Reste der ermordeten Linde zu Staub und Asche geworden sind.

Am Abend erlebt Florian in seinem Zimmer nochmals die Höhepunkte: Sie ist gekommen. Alles war gut. Alles hat gestimmt. Auch die Musik. Bildet er sich nur ein, das Flötengeübe von Sabine töne heute weniger nervend als sonst?
Er holt im Badezimmer ein Glas Wasser und geht zum Fenstersims, wo sein Geheimnis und seine grosse Hoffnung steht: In zwei Blumentöpfen, gefüllt mit Gartenerde, steckt je ein etwa 30 cm langer Lindenzweig. Stecklinge, die er am späten Mittwochnachmittag von seinem Lieblingsbaum abgebrochen hat.
Die Geschichte von der Linde zu Freiburg war ihm vorgestern rechtzeitig wieder in den Sinn gekommen: Ein junger Krieger soll nach der Schlacht bei Murten einen Lindenzweig an seinen Eisenhut gesteckt haben. Er rannte den etwa zwanzig Kilometer langen Weg in seine Heimatstadt zurück, um die gute Nachricht so schnell wie möglich zu überbringen. Mit letzter Kraft konnte er auf dem Rathausplatz den Leuten mitteilen, die Eidgenossen hätten Karl besiegt. Florian weiss nicht mehr, ob es sich um Karl den Grossen oder Karl

den Hünen handelte. Der Meldeläufer sei darauf vor Erschöpfung zusammengebrochen und gestorben. Den Zweig nahm man von seinem Helm und grub ihn an Ort und Stelle ein. Daraus wuchs ‹die Linde, die noch heut, auf diesem Platze Schatten streut›. So oder ähnlich lautete der Satz, der Florian tief beeindruckte. Vielleicht gelingt es ihm auch! Keine kriegerische Heldentat. Dazu ist er nicht geboren. Aber die Rettung eines Baumes.

Seine Linde.

Die Blätter an den zwei unscheinbaren Stecklingen welken bedenklich. Er holt noch einmal Wasser und giesst reichlich nach.

«Macht doch Wurzeln! Bitte!»

VIII

«Nein! Was ihr euch gestern geleistet habt, geht eindeutig zu weit! Die Sache hat Konsequenzen!» So fängt der Samstagmorgen im Zimmer 7 des Pestalozzi-Schulhauses an.
Gabi, Florian und Claudio strecken auf. Sie möchten Herrn Schertenleib erklären, dass sie gestern an der Beerdigung eines nahestehenden Verwandten teilgenommen hätten.
Der Lehrer winkt ab. «Keine Diskussion!» Er stimmt den Kanon an: ‹Ein heller Morgen ohne Sorgen folget der düsteren Nacht.›
Der gute Herr Schertenleib denkt nicht daran, dass die meisten Schüler keine düstere Nacht erlebt, sondern wohlig in ihren Betten geschlafen haben. Er merkt ebenfalls nicht, dass er im Begriff ist, den hellen Morgen zu verdunkeln.
Er gibt den Zeitplan der Übertrittsprüfungen bekannt: Am Montag und Dienstag der kommenden Woche, vormittags, finde der erste Teil statt. Eine Woche später der zweite. Nochmals ruft er in Erinnerung, dass das Lehrerurteil und das Zeugnis je 25% und die beiden Prüfungen ebenfalls mit je 25% bewertet werden.

Florian kann es nicht mehr hören. Mit seinem schlechten Zeugnis und dem sicher nicht besseren Lehrerurteil sind für ihn die Würfel gefallen.
Sogar in der Geographieprüfung versagte er. ‹Mager! Knapp genügend!› schrieb Herr Schertenleib darunter. Ausgerechnet in dem Fach, das Florian doch sehr interessiert.
Gestern war halt ein besonderer Tag. Er musste an eine Beerdigung. Nicht nur als Trauergast, sondern als Zeremonienmeister. Wäre dies nicht ein mildernder Grund für die Beurteilung? Aber da nahmen der Ticino, die Leventina, das Centovalli und Lehrer Schertenleib keine Rücksicht.
Warum werden eigentlich nie die Fluglinien in den Vorderen Orient oder in den Fernen Osten abgefragt?

Nach der grossen Pause dauert es länger als gewöhnlich, bis der Lehrer erscheint. Florian hat in diesem Fall nichts gegen die Unpünktlichkeit, weil es sich um den Stundenbeginn handelt.
«War die Kaffeemaschine kaputt?» fragt Gabi halblaut.
Herr Schertenleib scheint gut aufgelegt und reagiert gelassen.
«Nein, im Gegenteil, sie lief auf Hochtouren. Wir haben im Lehrerzimmer über eure gestrige Aktion gesprochen.»
«Und?» fragt die Klasse gespannt.
Herr Schertenleib verzieht ganz leicht seine Mundwinkel.

Was ist mit ihm in der Pause passiert? Er hat sich verändert, denkt Florian.
Ist er seiner Sache nicht mehr so sicher wie zu Beginn der ersten Stunde?
Hat er ‹Bedenken grundsätzlicher Art›, wie er sich gerne ausdrückt? Wegen der Konsequenzen? Oder aus Prinzip?
Die Schüler lassen nicht locker.
Claudio bohrt weiter: «Was hat Frau Weber gesagt?» Er setzt taktisch richtig bei ihr an, der Lehrerin vom Nebenzimmer, von der es heisst, sie möge Herrn Schertenleib sehr gut. Und er sie vermutlich auch.
«Du musst sie selber fragen. Für mich jedenfalls sieht die Angelegenheit – nach reiflichem Überlegen – doch etwas anders aus, als ich sie heute früh geschildert habe.»
«Wie denn?»
Gabi stellt die entscheidende Frage: «Schreiben Sie uns ein ‹Unentschuldigt› ins Zeugnis oder nicht?»
Herr Schertenleib setzt sich aufs Fenstersims. Das kommt bei ihm selten vor. Meistens ein gutes Zeichen. Aber warum macht er es so spannend? Wo klemmt es?
«Wartet einen Moment», sagt er und eilt zur grossen Überraschung aus dem Zimmer.
«Was ist in ihn gefahren?» fragt Ibrahim. «Hat die Geschichte auf seine Verdauung geschlagen?»
Karin aus der ersten Reihe späht durch die offene Tür in den Gang. «Er geht nicht aufs WC, sondern ins Lehrerzimmer.»
Mit einer Zeitung in der Hand kommt er zurück: «Im

heutigen Lokalanzeiger steht ein Artikel über euch.»
Er zeigt der Klasse die Schlagzeile und liest vor: «Originelle Schüler-Aktion gegen das Fällen der Linde an der Pestalozzistrasse. Gestern veranstalteten Schüler der 6. Klasse von Lehrer Schertenleib am Waldrand eine gelungene Beerdigungsfeier für die leichtfertig umgehauene Linde am Rande des Schulhaus-Areals.»
Die Schüler fangen an zu klatschen.
«Und?» fragt Florian, «was haben die andern Lehrer dazu gesagt?»
«Das ist eine gute Frage», tönt es leise von hinten.
Herr Schertenleib lehnt sich wieder an den Fenstersims: «Sie – sie haben mir gratuliert. Sogar der Präsident des Schulvorstandes, der zufällig mit uns Kaffee trank, dankte mir herzlich. Er hatte sich ebenfalls geärgert über das Fällen des alten Baumes.»
«Und –», Gabi kommt nochmals auf den entscheidenden Punkt zurück, «gibt's ein ‹Unentschuldigt› im Zeugnis oder nicht?»
Beklemmende Stille im Schulzimmer.
Herr Schertenleib schaut zu Boden. Nach einer Weile sagt er leise: «Ich muss gestehen, ich hatte Angst vor eurem Plan. Ich dachte, eure Eltern oder der Schulvorstand würden mir einen Strick drehen und sagen, ich triebe Allotria in der Schule. Ein anderes Mal würde ich mich sehr wahrscheinlich anders verhalten. Euer Vorhaben war keine schlechte Sache. Was die Absenz betrifft: Für diesmal soll Gnade vor Recht ergehen. Die Sache ist damit erledigt.»
Grosses Aufatmen.

«Ich glaube, die Frau Weber von nebenan hat doch einen guten Einfluss auf ihn», flüstert Gabi.

Auf dem Heimweg, nachdem Florian sich von Ibrahim und Gabi verabschiedet hat, plagen ihn wieder die düsteren Zukunftsgedanken. Die Chancen stehen schlecht. Er möchte es genau wissen.
Er geht wie gewohnt auf dem Randstein des Trottoirs. Mit gesenktem Blick. Plötzlich ist ihm klar, wenn er bis vor das Haus auf keine Fuge zwischen den Steinen treten muss, kommt er in die Sekundarschule. Das soll für ihn ein sicheres Zeichen sein.
Anfänglich trifft es sich gut: Mit mehr oder weniger normal langen Schritten muss er auf keinen Strich treten. Man kann dem Schicksal auch ein wenig nachhelfen. Aber kurz bevor er die Burgstrasse vor seinem Haus überqueren will, geht es nicht anders. Das Orakel spricht deutlich. Er stampft wütend und traurig auf die verflixte Fuge.
Sein Traum ist aus! Er weiss es zwar seit langem. Aber warum muss das sein?

Die Familie sitzt schon am Tisch, als Florian die Wohnung betritt. Hinter der Lokalzeitung hervor tönt der Vater: «Eigenartig, auf was für Ideen die Lehrer heute kommen. Zu meiner Zeit wurde kein solcher Unfug getrieben. Entweder wurde in der Schule seriös gearbeitet, oder wir machten einen Waldspaziergang. Zum Vergnügen und für die Gesundheit. Aber solches Zeug! Eine ‹Baumbeerdigung›!»

«Flori, wir sind in der Zeitung! Hast du schon gesehen?» empfängt Bine ihren Bruder ausgesprochen freundlich.
Florian blickt neugierig ins Lokalblatt, das ihm der Vater hinhält mit den Worten: «Ihr habt ein schönes Foto von euch machen lassen. Jedermann kann euch erkennen. Wer sitzt da neben Bine?»
«Das ist Beda, der Lange, aus Evas Klasse», sagt Florian.
«Aus welcher Klasse?»
«Aus der Parallelklasse im Weidacker-Schulhaus. Er spielt ausgezeichnet Bongo.»
Bine nickt und grinst. Der errötende Florian ist froh, dass er hinter seinem Vater steht.
«Aber zum gegenwärtigen Zeitpunkt...» Auf des Vaters Stirn erscheint die erste Hälfte der bekannten Sorgenfalte. «Euer Lehrer sollte euch auf die Prüfung vorbereiten. Wo führt das hin? Wenn die Pädagogen euch zu Demonstranten erziehen, werdet ihr nie zufriedene Erwachsene.»
«Ich finde, es gibt noch Wichtigeres im Leben als Rechenaufgaben», mischt sich die Mutter ein.
«Aber was dieser Lehrer macht, geht eindeutig zu weit.»
Florian nimmt Herrn Schertenleib in Schutz. «Der ist schon recht. So wie Lehrer eben sind. Übrigens, die Idee zu dieser Beerdigung stammt gar nicht von ihm, sondern von uns.»
«Wer uns?»
«Ibrahim, Gabi, Claudio und mir.»
«Das wird immer schöner! Du weisst doch, dass jetzt

für dich alles auf dem Spiel steht.» Die zweite Hälfte der ersten Sorgenfalte hat sich ebenfalls gebildet. «Ich verstehe dich nicht, Florian.»
«Herbert, reg dich nicht auf. Wir reden immer über dasselbe. Nimmst du noch von den Kartoffelpuffern?»
Mutters Ablenkungsmanöver gelingt nicht.
«Ich habe für heute genug. Der Appetit ist mir vergangen. Zudem muss ich um halb zwei Uhr zu einer Vorstandssitzung. Wir planen den Vereinsausflug.»
Florian geht in sein Zimmer. Aufgaben hat er keine. Wenn nur die Prüfungszeit vorbei wäre.
Das Ergebnis ist ihm bekannt. Trübsinnig schaltet er den Kassettenrecorder ein. Nach ein paar Minuten klopft es, und Bine steht unter der Tür.
«Was hat sie jetzt auszusetzen? So laut tönt A.R.C. heute auch wieder nicht», denkt er.
Sie hat diesmal keine Reklamation vorzubringen. Pfiffig schaut sie Florian an: «Wie fandest du mein Flötenspiel gestern?»
«Das war wirklich prima. Ich hab's dir schon gesagt.»
«Weisst du, das war nicht das erste Mal, dass wir zusammen spielten.»
«So?»
Weil Florian jetzt nicht auf Bines Privatleben eingehen will, hilft sie ihm nach: «Wir machen seit einiger Zeit gemeinsam Musik. Beda will Schlagzeuger werden. Er nimmt sogar Unterricht. Gestern vor der Beerdigung haben wir noch kurz geprobt. Aber die Aufführung war doch anders. Eine richtige Improvisation.»
«Hm.»

«Er bekommt von seinen Eltern nächste Weihnacht eine Schlagzeugausrüstung.»
Florian fehlt jetzt jedes Musikgehör für Bines Freundschaften und Bedas Weihnachtsgeschenke. «Der Leonardo dreht sich im Grab und das verehrte Flötentantchen trifft der Schlag, wenn sie eure Musik hören. Übrigens muss ich noch Aufgaben machen.»
Damit sollte das Gespräch beendet sein.
Sabine ist noch nicht fertig: «Hast du eine Ahnung! In der vorletzten Stunde zeigte sie mir die Technik der Flattertöne. Und – sie geht am übernächsten Samstag auch ins Jazz-Konzert, zu dem mich Beda eingeladen hat.»
Mit diesem Triumph schliesst Sabine die Tür und hinterlässt einen traurigen Florian.
Auch das noch! Seine um ein Jahr jüngere Schwester, die vermutlich mit Leichtigkeit ins Gymnasium kommt, sie hat einen Freund aus Evas Klasse und wird von ihm in ein Konzert eingeladen. Und er mit seinen Zukunftsaussichten. Das Randstein-Orakel. Die Ungewissheit mit Eva.
Ein Blick auf die Lindensetzlinge auf dem Fenstersims ist ebenfalls alles andere als erhebend: Beide lassen die Blätter hoffnungslos hängen.
Er holt ein Glas Wasser: «Nehmt euch zusammen! Nur nicht schlappmachen. Bitte!»
Er muss über sich lächeln; wie weise er zu seinen Pflanzen spricht. Dabei hätte er selber den Zuspruch mindestens so nötig.
«Ich kann die Eva nicht zu einem A.R.C.-Konzert ein-

laden. Erstens kommt diese Gruppe nie zu uns. Und zweitens hätte ich zu wenig Geld.»
Ein Anruf von Ibrahim, ob er ihn mit dem Fahrrad nach Oberdorf begleite, bringt ihn auf andere Gedanken.

Die neue Woche beginnt mit einem Lichtblick: In der Singstunde ist sie da. Dreimal schauen sie sich in die Augen. Für Florian schöner als die schönste Musik. Und am Ende der Stunde ergibt es sich – Zufall? –, dass sie miteinander den Singsaal verlassen. Es ist nur ein Türflügel offen. Er spürt ihren Arm. Drückt er sie, oder presst sie ihre Hand gegen die seine? Vor Aufregung ist er unfähig, auch nur ein Wort herauszulassen.
Warum spreche ich sie nicht an? Jetzt wäre die Gelegenheit dazu.
Ich könnte sie fragen, ob ...
Da dreht sie den Kopf zu ihm und sagt leise: «Das Geschenk zum Geburtstag kann ich dir leider erst in etwa vierzehn Tagen geben.»
Florian flüstert: «Ich hab dir auch eine kleine Überraschung. Wenn's gelingt.»
Die beiden werden im Treppenhaus durch das Gepuffe der Schüler auseinandergedrängt. Eva mischt sich unter ihre Klassenkameraden. Vor der Schulhaustür dreht sie sich nochmals um und lächelt ihm zu.
Hat nicht Ibrahim einmal ein französisches Sprichwort erwähnt? Wenn bei den Männern etwas nicht stimme, stecke sicher ein weibliches Wesen dahinter. Florian lacht. Dass es in der Schule nicht klappt, da kann weder ein Mädchen noch eine Frau etwas dafür. Es sei

denn seine Mutter, die ihn geboren hat. Aber jetzt trägt ein weibliches Wesen eindeutig die Schuld an seinem Glücksgefühl. Die gute, schöne Eva.

Der erste Prüfungsmorgen kommt. Rechnen und Sprache stehen auf dem Programm. Prozentzahlen, Wasserröhren, waagrechte Bruchstriche, rechteckige Grundstücke. Wieviel verdient Herr X in 17½ Stunden? Ergebnisse doppelt unterstreichen! Runde auf zwei Stellen nach dem Komma auf oder ab!
Und nachher eine Bildergeschichte. Ein Autounfall. Zwei Herren steigen aus. Sie fuchteln mit den Händen und scheinen sich zu beschimpfen. Florian weiss genau, was der Lehrer will und was nicht. Das Naheliegendste darf er nicht schreiben: «Warum sind die zwei Männer nicht mit dem Zug gefahren? Sie hätten auch ein Taxi nehmen können, wenn es kein öffentliches Verkehrsmittel gibt.»
Er weiss, dass alle gestellten Aufgaben im Grunde genommen einfach sind. Aber sobald er anfängt zu überlegen, dreht es im Kopf weiter und weiter. Auch der Uhrzeiger dreht sich weiter und plötzlich heisst es «Schluss machen! Namen rechts oben nicht vergessen! Füller weglegen!»

Zu allem Elend ist der Nachmittag nach der Prüfung schulfrei. Eigentlich wäre dies ein Grund zur Freude. Die meisten Schulstunden gäbe Florian gerne her. Warum muss ausgerechnet die Musik ausfallen?
Soll er ihr telefonieren? Das wirkt so ungeduldig und

aufdringlich. Wenn er sie nicht anruft, denkt sie vielleicht…
Wie kompliziert das Leben ist!
Rundherum sieht es grau aus für Florian: Prüfungen. Schule. Keine Eva. Ein stirnrunzelnder Vater. Eine erfolgreiche, verliebte, flötenspielende Schwester. Eine verständnisvolle, aber vielbeschäftigte Mutter, die ihm auch nicht helfen kann.

Am nächsten Montagnachmittag, es ist der 11. Mai, hält es Florian nicht mehr aus. Sie hat doch gesagt, ‹in 14 Tagen›. Das wäre heute.
Er fährt mit dem Rad zur Ahornstrasse, wo sie wohnt. Nirgends ist sie zu sehen. Er pedalt kreuz und quer durch das Quartier, immer wieder an ihrem Haus vorbei. Er stiert schier ein Loch in die Mauer, hinter der er sie vermutet. Als er zum fünften Mal dort aufkreuzt, ruft ihm ein kleiner Knirps zu, ob er ewig Runden drehe. Das versetzt ihm einen heilsamen Schock: So geht es nicht.
Er nimmt sich vor: Heute abend rufe ich sie an.
Vor dem Lebensmittelgeschäft hält er, um sich ein Vanilleeis zu kaufen. Er braucht eine innerliche Abkühlung. Weit und breit keine Kinder. Klar, die Nicht-Sechstklässler haben Schule, und seine Klassenkameraden werden bei dieser Wärme im Schwimmbad sein. Eine äusserliche Abkühlung könnte ihm ebenfalls gut tun. Er holt zu Hause seine Badesachen.
Tatsächlich lagert die halbe Klasse auf der Liegewiese neben dem Schwimmbecken.

Gesprächsthema ist – was denn sonst – die verfluchte Übertrittsprüfung.
«Hast du bei der letzten Rechnung auch 39 hl?»
Mit Schrecken merkt Florian, dass er einen Kommafehler gemacht hat.
Aufgrund der Zeugnisse steht mit grosser Wahrscheinlichkeit fest: Ibrahim wird die Realschule besuchen. Gabi das Gymnasium. Claudio die Sekundarschule. Hans-Martin sollte – nach dem Wunsch der Eltern – unbedingt ins Gymnasium. Wenn er es nicht schafft, werden sie ihn in ein privates Institut schicken.
Ein kleiner Trost für Florian: Wohin es ihn auch verschlägt, er wird mit einem Vertrauten aus der jetzigen Klasse zusammentreffen.
Während des Gesprächs lässt er seine Augen schweifen. Ist sie vielleicht auch hier?
Ibrahims Vorschlag, endlich ins Wasser zu tauchen, bringt die notwendige Ablenkung und kühlt Florians geplagtes Gemüt.

«Eine Eva Baltensberger hat angerufen», empfängt ihn zu Hause die Mutter. «Sie versucht es um sieben Uhr nochmals.»
Am liebsten hätte Florian einen Freudenschrei ausgestossen. Statt dessen fragt er nur: «Wann hat sie telefoniert?»
«Kurz nachdem du ins Bad gingst.»
Dann war sie vorher zu Hause! Ich hätte bei ihr läuten können.
«Ich Depp!» denkt er.

Wie lang ein Nachtessen dauern kann. Wie langsam sich die Uhrzeiger bewegen.
Punkt sieben Uhr klingelt das Telefon. Schneller als jeder Feuerwehrsmann rennt er zum Apparat.
«Florian Steinmann.»
«Hier ist Beda. Kann ich Sabine sprechen?»
Florian verschlägt es die Sprache. Er hat wirklich nichts gegen den langen Beda. Er findet ihn sogar sympathisch. Aber muss der ausgerechnet jetzt mit Bine telefonieren?
Da die Schwester gerade aus der Küche kommt, kann er nicht sagen, sie sei im Moment leider nicht zu Hause.
«Beda ist am Draht. Mach bitte nicht zu lang. Ich erwarte einen wichtigen Anruf.»
Bine antwortet mit einem Nasenrümpfen.
Florian sitzt in seinem Zimmer auf Nadeln. Was haben die so lange zu bereden? Dieses Gewäsch. Dieses Gelächter. Dieses Geschäker. Nur der Gedanke, dass es ihr – im umgekehrten Fall – ähnlich ginge wie ihm, hilft Florian, die Spannung zu ertragen.
Nach zwanzig Minuten ist das Telefon endlich frei.
Er stellt mit Herzklopfen ihre Nummer ein und will ihr erklären, warum er erst so spät ...
Sie entschuldigt sich, sie hätte nicht früher anrufen können und fragt: «Kann ich am Mittwochnachmittag auf einen Sprung bei dir vorbeikommen?»
«Ja, klar!»
«Um zwei Uhr? Abgemacht!»
«Ich freue mich.»

«Tschau, Florian.»
Wie schön sein Name klingt, wenn Eva ihn ausspricht.

Der letzte Prüfungsmorgen bringt Geometrie. Dreieck-Konstruktionen und Winkelhalbierungen. Dann ein Diktat mit ‹nämlich, anstatt in die Stadt zu gehen, nichts Gutes ahnend› und dergleichen Quälereien. Und zum Abschluss noch eine Bildergeschichte, ähnlich banal wie die letzte. Florian hätte gerne ein paar freche Sprechblasen eingesetzt. Aber er muss eine brave Story schreiben. Immer dasselbe. Und erst noch ohne Rechtschreibfehler.

Am Abend hat Florian beide Hände voll zu tun. Der bevorstehende Besuch von Eva löst einen Ordnungsanfall aus, wie ihn elterliche Ermahnungen nicht zustande bringen. Wie oft hat er es schon gehört: ‹Mir wäre es in einem solchen Saustall überhaupt nicht wohl.› Dabei hängt sein Wohlbefinden von ganz anderem ab als vom Zustand seines Zimmers!
Florian startet eine grosse Aufräumaktion. Er entdeckt zu seiner Überraschung auf dem Kelim-Teppich ein wunderschönes Tiermuster. Es wäre falsch, zu behaupten, der Boden sei mit seinen Siebensachen zugedeckt gewesen. Es waren mindestens Siebzigsachen: Prospekte, Bücher, Socken, Schulzeug, Kassettenhüllen, Kaugummipapiere, Bleistifte und ein Kamm, den er schon lange vermisst hat.
Er nimmt sogar – das ist für ihn absolute Premiere – einen feuchten Lappen zum Abstauben des Bücherge-

stells. In seinem Überreifer zupft er sein Bett zurecht, bis er merkt, dass dies am Vorabend eindeutig noch zu früh ist.

Er dreht seine beiden Lindenschösslinge, um sie von der besten Seite zu präsentieren. Beim einen hilft alles Drehen und Wenden nichts. Er sieht so hoffnungslos aus, dass sich Florian überlegt, ihn fortzuschmeissen. Nur die Ehrfurcht vor seiner verstorbenen Linde hält ihn vorläufig noch davon ab.

Plötzlich lacht er laut vor sich hin. Ein Licht ist ihm aufgegangen. Er versteht jetzt Ibrahims Spruch über die Frauen: ‹Wenn sich ein Mann seltsam benimmt, steckt sicher ein weibliches Wesen dahinter!›

Das grosse Ereignis rückt näher. Die Mutter, Bine und Florian essen zu Mittag. Beiläufig sagt er, dass um zwei Uhr die Eva aus der Parallelklasse bei ihm vorbeikomme.

Der Mutter wird einiges klar. Bine schaut hinterlistig vom Teller auf. ‹Aha, Damenbesuch›, will sie sagen. Aber rechtzeitig kommt ihr in den Sinn, dass sie – hoffentlich! – bald einmal Herrenbesuch erwartet. Dann ist sie ebenfalls froh, wenn ihr lieber Bruder nicht mit allzu bösen Sprüchen aufwartet. Aber weil sie es doch nicht ganz lassen kann, fragt sie scheinheilig: «So, die Eva; sie wird dir wohl einen Apfel bringen?»

«Nein, ein Geburtstagsgeschenk.»

Um zwei Uhr klingelt es. Florian fliegt zur Wohnungstür. Sie steht leibhaftig da, eine Badetasche in der Hand.

«Ich gratuliere dir etwas verspätet zum Geburtstag.»
Sie zieht ein kleines Päckchen hervor, rot eingewickelt und gross beschriftet. ‹FLORIAN›. Mit Silberstift. «Etwas Zweites konnte ich leider nicht mitbringen. Das ist für später. Vielleicht, wenn es gelingt.»
Geheimnisvoll.
Er öffnet das kleine farbige Geschenk. Offensichtlich handelt es sich um eine Kassette. Aber was für eine! Ein Live-Mitschnitt eines A.R.C.-Konzerts in London. Brandneu. Einige Stücke kennt er noch nicht.
«Woher hast du die?»
«Mein Vater reiste letzte Woche beruflich nach England. Ich habe ihm gesagt, er solle sich nach neuen A.R.C.-Aufnahmen erkundigen. Hier ist dieses Band noch nicht erhältlich.»
Florian legt die Kassette ein. Er strahlt vor Freude. Sie setzen sich auf den Boden. Ihre Finger berühren sich. Florian schwinden fast die Sinne. Die Tiere auf dem Teppich fangen an zu tanzen. Er braucht Eva nicht zu fragen, ob sie ihn mag. Und was mit Toni los ist, interessiert ihn im Moment nicht.
Eva blickt immer wieder zu den Blumentöpfen mit dem ungewöhnlichen Inhalt. Als die Musik verklingt, lächelt sie: «Sind das etwa…?»
«Ja, die stammen von der Schulhaus-Linde. Ich versuche, etwas von diesem Baum zu retten.»
«Das darf nicht wahr sein. Das wäre mein zweites Geschenk für dich gewesen. Ich habe zu Hause ebenfalls einen Zweig eingesetzt. Er ist etwas kürzer. Eigentlich wollte ich ihn dir heute bringen.»

Florian schnappt nach Luft: «Wir beide sind unabhängig voneinander auf die gleiche Idee gekommen!»
Braucht es noch mehr Hinweise, dass sie wirklich Freunde sind? Bines Flötentriller und Flattertöne klingen wie himmlische Schalmeien.
Im Verlauf des Nachmittags kommen die beiden auf das unausweichliche Dauerbrenner-Thema, die Schule. Eva wird sehr wahrscheinlich ins Gymnasium übertreten. Florian getraut sich fast nicht, von seiner Situation zu erzählen.
«Für mich steht fest: Ich gehe in die Realschule.»
Zu seiner Verwunderung nimmt Eva das gelassen zur Kenntnis.
«Ich möchte aber Pilot werden. Da brauche ich mindestens die Sekundarschule.»
«Wenn das dein Weg ist, kannst du es nächstes Jahr immer noch versuchen. Überhaupt, das Glück im Leben hängt nicht nur von der besuchten Schule ab.»
«Aber es ist schade, dass wir am Montag nicht mehr gemeinsam Singen haben.»
«Dem ist leicht abzuhelfen! Wenn man sich gut mag, kann man sich ausserhalb der Schule treffen. Das ist noch schöner!»
«Eigentlich klar.» Florian schaut lächelnd auf. «Natürlich. Ich mag dich. Sehr.»
Er spürt, dass sie sich freut.
Eine halbe Stunde später verlassen sie gemeinsam das Haus Richtung Schwimmbad.

An einem gewöhnlichen Samstag käme Florian gut ge-

launt nach Hause. Das Wochenende würde winken. Und die Singstunde wäre nicht weit.
Aber diesmal ist es ein schwerer Gang: der Brief mit dem Prüfungsbericht wird ihn erwarten.
Haben ihn die Eltern schon geöffnet? Er muss gar nicht erst fragen.
Es empfängt ihn kein Donnerwetter. Aber auch kein Jubel. Es ist unheimlich still am Tisch. Die Falten in Vaters Gesicht reden eine deutliche Sprache.
Florian will den Brief mit eigenen Augen sehen:
«Sehr geehrte...
Wir teilen Ihnen mit, dass Ihr Sohn/Ihre Tochter Flor... an der Übertrittsprüf... die Punktzahl 285 erreicht... der Realschule zugeteilt...»
Er liest noch die Anmerkung und ruft: «Wenn ich fünf Punkte mehr gehabt hätte, wäre ich im Testbereich und könnte...»
Er verstummt.
«Wenn und hätte... Es ist nun einmal nicht so», meldet sich der Vater, und es legt sich auf seine Stirn über alle Runzeln noch eine neue, noch nie dagewesene. «Mit deinem Schlendrian hast du es weit gebracht. Jetzt fangen andere Zeiten an! Wir reden noch darüber!»
«Esst bitte, ich habe nicht für die Katz gekocht.»
Florian beherzigt Mutters Bitte und würgt einige Bissen herunter. So schnell wie möglich verzieht er sich in sein Zimmer.
Jetzt ist es so. ‹Man muss der Realität in die Augen schauen›. Vielleicht reicht es nächstes Jahr.

Er blickt auf seine Flugkarten und Posters. Das wäre doch mein Ziel. Nein! Das ist mein Ziel.
Er legt die neue Kassette ein und nimmt ein Blatt Papier.
Er muss Eva einen Brief schreiben. Ihr kann er alles sagen. Sie versteht ihn.
Wie soll er anfangen?
Was denkt sie über seine Schrift?
Wie wirken seine Rechtschreibfehler auf die zukünftige Gymnasiastin?
Diese ewigen Zweifel.
Er sieht seine Lindenzweige. Einer wird durchkommen. Und dann pflanzen Eva und ich unsere zwei Bäume. Sie werden gross und stark werden.
Ihre Äste werden sich berühren.
In Gedanken wachsen und wachsen sie.
Dies alles möchte er ihr mitteilen.
Und noch vieles mehr.
Mit einem roten Filzstift fasst er zusammen, was ihn bewegt. Mit riesigen Buchstaben füllt er das Blatt:

AVE EVA

EVA AVE

Ursula Eggli / Hagen Stieper

Sammelbammel und Rollstuhlräder

Marlis, der kleine Wirbelwind auf vier Rädern, erlebt ein aufregendes Jahr. Mit der Mutter und ihrem Bruder Rolf zieht sie in eine Blockwohnung. Schon bald gibt es Ärger mit den Nachbarn, dem Abwart und der Hausverwaltung. Die Rampe zur Wohnung, die Rolf und sein Freund gebaut haben, muss wieder weg. Aber kleinkriegen lässt sich Marlis nicht. Ihr neuer Elektrorollstuhl ist nämlich ein Hit. Mit ihm geht sie auf abenteuerliche Fahrt. Und schwupp – schon liegt sie kopfüber im Morast. Wenn Paul nicht auf sie gestossen wäre, würden wir nicht vernehmen, was uns Marlis aus dem Sommerlager mit andern behinderten Kindern zu berichten weiss, und Marlis und ihre Mutter müssten immer noch allein im Block wohnen und könnten von der Wohngemeinschaft, in der sie jetzt leben, nur träumen.

Andreas Kündig

Der fremde Bruder

Die Eltern von Tobias L. verreisen für längere Zeit nach Brasilien. Er ist im Internat angemeldet und wird am nächsten Tag erwartet. Da taucht jedoch Charles G., der Mann mit dem falschen Siegelring, auf, und alles kommt anders als erwartet. Eine abenteuerliche Irrfahrt beginnt. Sie führt Tobias in einen Kanal zu einem gefangenen Jungen, der ihm einen seltsamen Auftrag erteilt.
In einem Vorort der Grossstadt befindet sich das Kinderheim, wo das blinde Mädchen Samantha lebt. Zu ihr muss Tobias, um den Auftrag des fremden Bruders erfüllen zu können. Die Traumbilder von Samantha und die kleine Burg am andern Ufer des Flusses führen ihn in eine fantastische Welt. Sie wird bedroht durch die Mächte hinter dem Zaun, die nur mit den andern Kindern gemeinsam und mit Hilfe des fremden Bruders erfolgreich bekämpft werden können.

Heinrich Wiesner

Iseblitz

Die Geschichte basiert auf den neuesten Erkenntnissen, die Tierbiologen in den vergangenen Jahren erlangt haben. Sie dienten Wiesner als wissenschaftliches Rüstzeug bei seiner Erzählung. Darüber hinaus vermochte der Autor jenes Mass an Lebendigkeit und Phantasie zu mobilisieren, das für ein spannendes und die jungen Leser direkt ansprechendes Buch erforderlich ist. Die Geschichte vermittelt interessantes Wissen in spontaner und niemals aufdringlich «lehrhafter» Weise. Dass die abenteuerlichen Erlebnisse des jungen Fuchses «Iseblitz» ganz in die reale Gegenwart mit ihren mannigfachen Bedrohungen und Fragwürdigkeiten eingebettet sind – ohne dass darüber des Erzählers feiner Humor verlorenginge – verleiht dem Buch einen zusätzlichen Reiz. *hs*

Baslerstab

Irena Brežna/Alpha Oumar Barry

Biro und Barbara

Zwei Welten stossen aufeinander: Biro, ein schwarzafrikanischer Knabe, trifft auf Barbara, ein weisses europäisches Mädchen, das seine Mutter auf einer Geschäftsreise begleitet. Das Autorenteam erzählt von der eigenartigen, irgendwie vorbestimmten und doch ganz aus dem Nichts wachsenden Freundschaft der beiden so unterschiedlichen Kinder. Das heisst, eigentlich bestehen die Unterschiede nur im Wertsystem der Erwachsenen, sogenannte unüberwindbare kulturelle Diskrepanzen und Vorurteile. Für Biro und Barbara gibt es all das nicht. Ihre Welt ist erfüllt von Verstehen und Gemeinsamkeit.
Die Spannung erhält das Buch vor allem aus der zweigeteilten Berichterstattung. Irena Brežna vertritt dabei den Part von Barbara, steht für «weisse» Gefühle und Ideen. Alpha Oumar Barry schafft das «schwarze» Gegengewicht, indem er für Biro und seine Welt schreibt. *rgt*

Bund